« MÉMOIRE VIVE »

CHRISTIAN SIGNOL

ADELINE EN PÉRIGORD

récit

LE GRAND LIVRE DU MOIS

ISBN 2-232-10425-7

« Nos disparus s'en sont allés sans réclamer, discrets, sur la pointe des pieds, comme pour nous débarrasser le plancher, et notre dette s'enfle de leur silence, de leur effacement devant notre essor. »

JEAN CARRIÈRE.

« Que les oiseaux et les sources sont loin ! »

ARTHUR RIMBAUD.

A tous les siens, vivants ou morts.

Introduction

J'ai longtemps hésité à parler d'Adeline, ma grand-mère du Périgord, car j'ai toujours eu l'impression que sa voix ne s'était pas tue, ce jour de décembre 1975, et qu'elle demeurait vivante, là-bas, dans sa maison de la Brande, près de Sarlat, frêle silhouette assise sur une chaise de paille, les mains sagement posées sur son éternel tablier noir.

J'avais eu la chance de pouvoir l'écouter parler de sa vie durant l'été 1957, lorsque, avec mon frère, j'avais passé un mois chez elle et que, pour nous-mêmes, elle rêvait à voix haute. Plus tard, fugacement, à l'occasion de quelques trop brèves rencontres, elle m'avait davantage livré son cœur, qui était beau comme un soleil, et si chaud, et si brillant, que je n'ai jamais osé vraiment m'en approcher. Or on ne prend généralement conscience d'avoir perdu ce que l'on possédait de plus rare qu'au poids de l'absence que cette perte accumule sur la balance des jours. Il est alors trop tard pour en jouir, non pour s'en souvenir, ce qui n'est pas moins douloureux, évidemment.

Ma grand-mère Adeline était une petite femme aux gestes délicats et précis, si menue, si fragile qu'on avait peur, en l'embrassant, de la casser. Son visage étroit et fin s'illuminait de deux yeux gris qui avaient la transparence secrète des fontaines. Ses longs cheveux, sagement noués en chignon sur sa tête, étaient sacrés. Elle les traitait avec soin, religieusement, et ne supportait pas qu'on les lui touchât. Je n'ai jamais bien su pourquoi. Peut-être étaient-ils tout simplement le symbole d'une intégrité corporelle, d'une autonomie, d'une liberté qui avaient été menacées durant son enfance dans ces chambres de familles nombreuses où l'on dormait à plusieurs et qu'elle avait cependant réussi à préserver. Nous nous en amusions, mais en paroles et sans excès, simplement pour la taquiner.

Elle ressemblait étrangement à la mère de Jean Giono, sur cette photo qui les montre côte à côte près de leur maison du Paraïs, à Manosque. Comme elle, Adeline avait la peau si fine que sa chair paraissait à vif sur le monde. C'est sûrement la raison de cette sensibilité que j'ai devinée très tôt chez elle, malgré le soin qu'elle apportait à la dissimuler. Au reste, cette sensibilité s'auréolait d'un courage qui la faisait passer pour forte auprès de ses voisines qu'elle savait réconforter lors des drames de la vie. Elle même vivait ces drames dans le silence et, pareille au roseau de la fable, ne pliait que pour mieux se redresser.

Je ne prétendrai pas avoir tout entendu de sa voix frêle et légère de ce que je lui fais dire dans les pages qui vont suivre, mais tous ses propos m'ont été rapportés par ses fils (mon père et mes oncles), et par ma cousine qui l'a connue mieux que personne pour avoir longtemps partagé sa vie. De tout cela il ressort que ma grand-mère était une sainte femme. Une femme comme il n'en existe plus aujourd'hui. Je sais bien qu'il est facile d'avancer ce genre de lieu commun, mais quand j'écris sainte, c'est bien évidemment au sens littéral du terme, puisque cette sorte de grâce qui l'avait touchée à sa naissance la préservait de la méchanceté et de l'envie. Au demeurant, fille d'une famille de treize enfants, obligée très tôt de travailler dans les champs, puis servante dans une auberge, et cuisinière, plus tard, dans les Ardennes où Élie, son mari, avait trouvé du travail, elle a beaucoup « servi » les gens, debout, très droite, très digne, comme elle nous a servis, mon frère et moi, cet été-là, heureuse de nous voir manger, elle qui savait que le pain se gagne et ne se gaspille pas.

En écrivant ces mots, j'ai l'impression de parler du siècle dernier, tant les choses ont changé de nos jours. Auquel de nos enfants peut-on dire aujourd'hui que le pain ne se gaspille pas ? Je vois déjà leurs grands yeux étonnés d'apprendre qu'une telle denrée serait devenue rare. Faut-il leur dire que c'est grâce à Adeline, à des millions de femmes qui lui ressemblaient, que le pain ne leur manque plus ? Leur dire, peut-être n'est-ce pas suffisant. Mais l'écrire, certainement. Il m'arrive d'ailleurs d'aller assez souvent dans les lycées et les collèges et de suggérer aux enfants, en commentant mes livres, que de l'abondance d'aujourd'hui ils sont redevables à quelques-uns. Ils me dévisagent, stupéfaits, le temps de comprendre que d'autres ont vécu avant eux, et finissent par en convenir. Il y a comme cela quelques idées simples qui font parfois leur chemin.

Elle n'avait pas choisi son métier, Adeline. Mais que choisissait-on à l'époque ? Certainement pas de naître à plus de deux kilomètres d'un village (Saint-Quentin), où elle se rendait à pied à l'école, quelques châtaignes dans les poches en guise de repas. Elle n'avait pas choisi non plus de vivre dans une maison de treize enfants et de devoir gagner sa vie très tôt, comme il était d'usage à l'époque. Elle n'avait pas choisi enfin de vivre ces deux guerres qui allaient saigner les campagnes et faire fleurir sur nos monuments aux morts ces litanies de noms ayant appartenu à des êtres qui ne demandaient qu'à vivre en paix. C'est ainsi. Mais, à la réflexion, choisit-on mieux sa vie aujourd'hui ? Je n'en jurerais pas.

Je n'ai jamais écrit sur les miens avec si peu de distance, si peu de recul. J'ai mesuré les risques mais j'ai mal évalué la souffrance. Car plus les êtres vous sont proches et plus il est difficile de ne pas partager leurs joies et leurs peines. J'ai essayé, tant bien que mal, d'aller au bout de ces confidences, mais je ne suis pas certain de trouver la force de recommencer un jour. Il est comme cela de ces expériences librement consenties qui se révèlent redoutables. Ce n'est pas le moment de le regretter. Après tout, cette force qui m'a poussé à le faire me venait peut-être d'elle, tout simplement, car je crois que ceux qui nous aiment, et que l'on a aimés et qui ont disparu, continuent de veiller sur nous, qui en avons tellement besoin.

Ecoutez Adeline, ma grand-mère du Périgord. Elle vous dira qu'on tient sa maison propre quand on a le cœur propre. Elle vous dira qu'on peut être fier d'être au service de quelqu'un si l'on n'a de dettes envers personne et si l'on est irréprochable dans son travail. Elle vous dira qu'elle a aimé ses enfants plus que tout au monde, que la guerre lui a rendu un mari quasiment fou de douleur et, je le crois, je l'espère, qu'elle n'aurait jamais souhaité d'autre vie que la sienne.

Peut-être vous dira-t-elle aussi que pendant l'été 1957

elle a accueilli dans sa maison de la Brande deux de ses petits-fils et qu'elle les a emmenés au marché de Sarlat, où, poussant sa carriole, elle allait vendre ses légumes. J'étais l'un d'eux. J'avais dix ans et une envie folle de la protéger. Mon plus grand bonheur a été de la voir glisser précautionneusement quelques piécettes dans la poche de son « devantal [1] », le seul trésor qu'elle ait jamais possédé. C'était le prix d'un long travail de la terre sur laquelle elle vivait courbée. Cela ne l'empêchait pas d'être gaie. C'est parce que sa voix et son sourire me manquent que je les ai ressuscités, afin que, figés sur le papier, ils deviennent intemporels et en quelque sorte éternels.

Ecoutez Adeline comme je l'ai écoutée. C'était une femme droite, digne, courageuse, l'une de ces femmes paysannes qui ont assuré la permanence des familles et embelli, grâce à leur force et à leur sourire, une époque qui aura sans doute été la dernière à avoir conservé les valeurs essentielles sur lesquelles ont vécu nos campagnes pendant des milliers d'années.

---

1. Son tablier.

1

Je suis née le 17 avril 1889 en Périgord noir, près du petit village de Saint-Quentin, au bord de la grand-route qui mène de Sarlat à Montignac et traverse ces bois de châtaigniers qui sentent si bon la mousse et le cèpe d'automne. Il m'en coûte de dire que cette naissance a été dramatique pour les miens, puisque ma mère est morte en me donnant le jour. C'était fréquent, à l'époque, car on n'accouchait pas dans les cliniques ou les maternités, et il fallait du temps, en charrette, pour aller à la ville, et ça coûtait des sous. C'est la raison pour laquelle ma mère, comme toutes celles de chez nous, était délivrée chez elle, aidée le plus souvent par une tante, une voisine, une sœur, pas même par une sage-femme.

Elle était morte depuis longtemps quand on m'a expliqué qu'on m'avait appelée Adeline, comme elle, alors que je devais m'appeler Hélène. Dire que je n'en ai pas souffert, mon Dieu, non ! je ne le pourrai pas, car j'ai souvent pensé qu'elle était morte à cause de moi. Ce sont là des idées qui viennent facilement dans la tête des enfants. Et puis je me suis dit qu'elle continuait à vivre à travers moi et j'ai fini par oublier. Mes sœurs, que j'aimais beaucoup, m'y ont aidée.

Elles étaient quatre : Victorine, Octavie, Flavie et Marceline. Moi, j'étais la « petitoune » qui trottait agrippée à leurs jupes en grignotant un « croustou [1] » de pain pour me faire les dents.

Nous habitions une grande maison entre la route et les bois où je ne m'aventurais jamais seule. J'avais bien trop peur de rencontrer la Bête Faramine ou l'Aversier aux pieds fourchus. Je préférais rester bien à l'abri dans la cuisine, près du cantou, sous les poutres noires de fumée auxquelles étaient suspendus le jambon, le lard, des vessies de graisse d'oie et des chapelets de gousses d'ail. C'était là mon domaine, celui de mes premiers pas, de mes premières années.

J'étais entourée de femmes, car mon père, pour fuir son chagrin, préférait courir les foires. Comme il était bon, cet homme ! Et qu'ils étaient beaux, ses yeux gris qui, je le sais, ne se posaient jamais sur moi sans lui faire penser à sa pauvre femme ! Heureusement, son malheur l'avait rapproché de Louise, la sœur de ma mère, veuve elle aussi, qui avait deux enfants : Aline et Léonie, toutes deux en bas âge. Elle était venue à la maison pour le deuil et elle y était restée pour s'occuper de nous. Ma sœur aînée, Victorine, qui avait quatorze ans, l'aidait beaucoup. Elles n'étaient pas trop de deux pour « tenir » la maison où vivaient sept enfants et un homme qui rentrait le soir, fatigué, mais surtout étonné de voir tout ce petit monde rassemblé autour de la table.

C'est que, à cette époque, ce n'était pas rien d'élever sept enfants ! Je ne parle pas seulement de la nourriture, mais

---

1. Croûton.

surtout de leur santé, car on ne possédait pas les remèdes que l'on trouve aujourd'hui, et beaucoup mouraient de maladie. Aussi ne perdait-on pas de temps pour les baptiser, car on pensait que les enfants morts sans le sacrement devenaient des étoiles filantes condamnées à errer dans le ciel. Louise, ma seconde mère, avait une hantise : la pleurésie dont on mourait fréquemment, alors, dans nos campagnes. Mais ce n'était pas là sa seule crainte. Elle redoutait aussi la coqueluche et le croup dont on ne prononçait le nom qu'à voix basse, de peur de l'attirer sur nous. Du plus loin que je me souvienne, il me semble la voir en train de prier. Que faire d'autre, quand vos enfants souffrent et que l'on ne peut rien pour eux ? J'en ai fait l'expérience plus tard, l'année où mon dernier fils a failli mourir d'une terrible pneumonie. Je la connais, la prière des enfants malades, et je l'ai récitée plus souvent qu'à mon tour ! Voyez si je m'en rappelle : « J'approche de la Sainte Table pour faire amende honorable ; la nuit le jour j'ai tant péché ; le Seigneur j'ai tant offensé que je n'ose m'en confesser. »

Mon Dieu ! Rien qu'à prononcer ces mots il me semble que mon fils me regarde avec des yeux brillants de fièvre et que la mort rôde autour de moi. Toutes les femmes de chez nous sont comme moi. Elles ont toujours porté le deuil de quelqu'un, et elles n'ont jamais pu oublier le chemin du cimetière. Elles ont gardé fidèlement le culte de leurs disparus, comme le gardait Louise, que j'ai toujours connue vêtue de noir. Pour le reste, elle portait son « moutsadou », carré de cotonnade ramené sur l'oreille, un « devantal », une robe et des sabots également noirs, pauvre femme qui avait toujours un « petitou » pendu à son bras, mais taillant la soupe, donnant aux poules, faisant la lessive à l'automne et au printemps, ravaudant, cousant, mouillant ses doigts pour filer la laine, debout depuis l'aube jusque tard dans la nuit pour s'occuper des siens sans jamais se plaindre. Elle allait mettre encore au monde six enfants, Louise, après son remariage avec mon père, deux ans après ma naissance. Il arrivait souvent, alors, qu'un veuf épouse la sœur de sa femme, car les familles étaient proches et l'on s'aidait beaucoup.

Nous sommes donc treize frères et sœurs. Ou demi-frères et demi-sœurs. mais on ne faisait guère de différence, à l'époque. Tout le monde mangeait autour de la même table la soupe de tourte si épaisse que la cuillère tenait seule debout dans l'assiette. Je ne me souviens pas d'avoir eu faim, du moins à ce moment de ma vie. Car nous avions quelques terres autour de la maison et mon père s'y entendait pour le commerce des bêtes : il était capable d'acheter et de revendre une paire de bœufs à la même foire et de gagner ainsi cinquante francs. Et puis nous élevions de la volaille, des canards et des oies, des lapins, le cochon que l'on tuait en janvier et qui nous donnait de si délicieux grillons et de si fameuses saucisses. Du reste, Louise s'y entendait en pâtisserie et nous cuisait des tartes, des « cambos d'ouilhos [1] », des gauffres et des crêpes. Mon père, lui, n'avait pas son pareil, le dimanche, pour tailler le tourain [2] du soir dans lequel mes sœurs aînées, Louise et lui-même faisaient chabrol en noyant la cuillère renversée. Non, on ne portait pas peine pour avoir à manger. C'est sans doute

1. Des merveilles.
2. Soupe d'oignons.

pour cette raison que le souvenir de ces repas sont des souvenirs heureux. Nous en sortions rassasiés, même si, bien sûr, les menus ne variaient guère. Pardi ! Nous n'étions pas aussi difficiles que les enfants d'aujourd'hui, à qui l'on fait choisir le menu du lendemain et qui trouvent encore le moyen de mignarder, pour peu que les parents n'aient pas le courage de leur faire les gros yeux.

Je n'avais pas faim, non, mais j'avais souvent peur, car je sentais autour de moi la présence des morts de la famille dont Louise ne cessait de parler. J'avais peur des ombres du plafond, des mystères du monde, de ceux de la nuit, des croyances de mes sœurs qui, habituées à vivre seules, sans homme ou presque, s'effarouchaient du moindre bruit, du moindre murmure de vent, et craignaient autant que moi tous ces personnages de légende qui semblaient n'avoir été créés que pour effrayer les enfants. J'ai déjà parlé de l'Aversier aux pieds fourchus (qu'on appelait également Ropotou), mais je redoutais aussi le « Loubérou » qui rôdait sur les chemins pendant les nuits de l'Avent, couvert d'une peau de loup. Je crois pourtant que celle qui me terrifiait le plus, c'était la Litre aux poils blancs qui, disait-on, avait pour habitude d'emporter les enfants dans son repaire au fond des bois et de boire leur sang. Que de fois, gardant les moutons en lisière des châtaigniers, j'ai cru la voir surgir des bois et je me suis enfuie de toutes les forces de mes petites jambes !

Je me souviens d'un jour — je devais avoir quatre ou cinq ans — où je m'étais échappée seule de la maison pour aller manger des mûres sur les haies, le long du chemin qui descendait vers la fontaine. D'ordinaire, je m'y arrêtais pour me regarder dans le miroir de l'eau, mais ce jour-là, je ne sais pourquoi, j'ai continué sur le sentier qui menait au bout d'un pré et se perdait dans les fougères. Je me suis assise là en rêvant à je ne sais quoi — mais que je rêvais, mon Dieu, en ce temps-là ! Devant moi, en bordure du bois, il y avait une petite mare avec des canards et des petits « canous ». Et tout d'un coup, en relevant la tête, j'ai vu une bête couverte de poils sortir des fougères, se précipiter vers les « canous », en prendre trois dans sa gueule grande ouverte et disparaître de nouveau dans les fougères sous les cris des canes et des mâles qui n'en pouvaient mais. Je n'aurais jamais cru être capable de courir si vite ! Il me semblait que la bête était sur mes talons, prête à m'attraper, à m'emporter je ne savais où pour mieux me croquer, et je courais, je courais, criant comme les canards, sentant une haleine chaude sur mon cou et me demandant si j'arriverais vivante à la maison.

Quand Louise m'a vue entrer dans l'état où j'étais, elle m'a demandé ce qui s'était passé, mais je tremblais tellement que j'étais bien incapable de lui répondre. Elle m'a donné un peu d'eau de coing et m'a consolée en me prenant sur ses genoux. Mais quelle peur, mon Dieu ! Il me semble encore aujourd'hui voir la bête sortir des bois chaque fois que j'en parle ! Je me suis souvent demandé ce qu'elle était vraiment : un chien sauvage ? un loup ? — on n'en avait plus vu par chez nous depuis longtemps — un Loubérou ? — mais on n'était pas dans la période de l'Avent — un sanglier ? un renard ? je n'en sais guère plus aujourd'hui qu'alors. Je me demande après tout si cette bête n'est pas tout simplement sortie de mon imagination, tellement je vivais dans mes rêves qui étaient nourris de ce que j'entendais chaque jour. En tout cas, ce fut la première et la dernière de mes escapades solitaires sur les chemins.

Plus tard, en allant à l'école, j'ai cru quelquefois apercevoir les « fasilhéras [1] » à la « calfourche [2] » des chemins. Heureusement, j'étais toujours accompagnée d'une de mes sœurs, sans quoi je crois bien que je n'aurais jamais pu continuer ma route. Ce n'est du reste qu'avec Victorine que j'acceptais d'entrer dans l'étable à la tombée de la nuit, de peur que le lutin soit là. Victorine m'avait raconté qu'elle avait vu les bêtes devenir folles et leurs poils se hérisser comme du fil de fer après le passage de ce petit diable. Curieusement, c'était la nuit que j'avais le moins peur, car je dormais avec mes deux plus jeunes sœurs : Flavie et Marceline. Comme nous avions entendu parler de la « Cauco-Vielho » qui entrait parfois par la chatière pour étouffer les gens en s'asseyant sur leur poitrine, nous avions pris la précaution de la boucher, Flavie et moi, et de vérifier soigneusement chaque soir qu'elle le restait avant de se coucher, fines mouches que nous étions !

Je ne m'éloignais donc guère de mon univers familier qui se limitait à la grande cuisine éclairée par deux petits « soupirous ». Cette pièce a toujours été la pièce principale des maisons périgourdines et elle l'est restée dans celles que l'on construit aujourd'hui. C'était là qu'il y avait le feu près duquel on se réchauffait et sur lequel on posait les toupis. La cheminée s'appelait le cantou. Aux deux extrémités, le coffre à sel faisait face à la banquette en osier tressé. On cuisinait sur le trépied qui se trouvait entre les landiers et

1. Les fées.
2. Au croisement.

devant la « taque », une plaque de fonte plus noire que la nuit, et en se servant du « buffadou » pour ranimer les braises. La table, elle, était immense et contenait un grand tiroir qui nous servait de maie. A l'autre bout de la cuisine, un évier taillé dans la pierre donnait sur l'extérieur. La couade remplaçait alors le robinet, tandis que l'on utilisait un panier percé en guise d'égouttoir. Nous allions chercher l'eau à la fontaine avec deux seilles en bois. Elle se trouvait derrière la maison, au fond d'un pré en pente, à l'ombre de deux chênes. « Paouros drôlos [1] » que nous étions, Flavie et moi, avec nos deux seilles trop lourdes qu'il nous fallait remonter avec le « chabalou », cette planche souple posée en balancier sur nos épaules ! Et qu'il me semblait long le chemin, quand c'était notre tour d'aller à l'eau !

Je m'aperçois, en racontant cela, que cette corvée a toujours incombé aux femmes et aux enfants. Pourquoi ? Peut-être parce que l'eau sert avant tout à la cuisine et au ménage, donc à l'intérieur de la maison, alors que les hommes travaillent plutôt à l'extérieur. Ce n'est peut-être plus tout à fait vrai aujourd'hui, mais est-ce la meilleure chose que nous ait apporté le progrès ? Je crois, moi, que les femmes doivent avant tout s'occuper de leurs enfants, vivre avec eux et non les confier à d'autres, que ce soit à des crèches ou à des nourrices. Enfin ! Chacun voit midi à sa porte, comme on dit chez nous, et, du reste, il n'est pas facile aujourd'hui d'élever une famille avec un seul petit salaire...

En tout cas, à l'époque, l'eau n'était pas la seule corvée à laquelle nous devions faire face, car nous passions beau-

1. Pauvre enfant.

coup de temps en cuisine et en vaisselle. Non que les couverts aient été nombreux, mais il y avait aussi les toupines dans lesquelles on conservait le porc et les confits d'oie, les oules pour les châtaignes, les toupis pour la cuisine elle-même, les marmites en cuivre pour la confiture, les chaudrons pour les canards, et toutes sortes d'ustensiles qui ont disparu aujourd'hui. Les quartiers de lard et le jambon pendaient des solives, ainsi que le panier à fromage que l'on faisait descendre au moyen d'une ficelle de chanvre coulissant sur une poulie.

Comme meuble, à part le ratelier où s'alignaient les tourtes de pain, on ne possédait qu'un vieux buffet, un coffre en noyer dans lequel, entre autres choses, on gardait le sel au sec, et, près de la porte, la pendule au balancier de cuivre qui égrenait le temps... Mon Dieu ! Il me semble l'entendre encore aujourd'hui cette pendule qui berçait même mon sommeil, puisque je dormais au-dessus d'elle, sur un matelas de fanes de maïs, protégée du froid par une couette de plume, l'hiver, sous laquelle je m'enfonçais jusqu'à ne plus pouvoir respirer avec l'impression d'avoir trouvé un refuge où le malheur n'entrerait jamais.

Je crois que c'est cette impression d'être tapie bien au chaud sous un toit solide qui a marqué le plus mon enfance. Et j'en ai gardé le goût des murs de pierre, des longues veillées d'hiver, des lieux clos, de la chaleur des âtres. Je n'aimais pas que des étrangers viennent déranger mon petit monde et je me cachais chaque fois qu'apparaissait une tête que je ne connaissais pas. C'était fréquent, pourtant, car en Périgord les gens aiment la compagnie. Et ils se réunissent volontiers pour travailler, pensant que c'est plus facile à plusieurs.

C'est donc à l'occasion des veillées que j'ai fait connaissance avec nos voisins. Tout y était prétexte, mais surtout l'effeuillage du maïs et le dénoisillage. La lampe à pétrole n'avait pas encore remplacé le calel, et tout le monde était réuni autour de la table pour casser les noix en chantant :

E pin, e pan,
E pin, e pan,
Casso, casso
Forco cocau !

Que de fois, mon Dieu ! j'ai cassé les noix avec mon petit maillet (la tricotte), trié les cerneaux en chantant ou en écoutant les contes de Bernicou, notre plus proche voisin, qui était bossu et avait l'œil plus noir que la taque du cantou ! Je crois bien me souvenir qu'il chantait aussi de drôles de chansons, malgré les femmes qui essayaient de le faire taire, et d'abord la sienne, la « Bernicoune », qui était aussi propre et bien mise qu'il était sale et laid. Elle nous gâtait beaucoup, car elle aimait les enfants et n'avait pu en avoir.

Elle nous portait des « mille-graines », des pommes, des noisettes, des prunes, des prunelles, des figues, et c'était un plaisir de la voir arriver, son devantal relevé en forme de conque, d'où coulaient toujours quelques merveilleux trésors. L'un et l'autre étaient bordiers, c'est-à-dire pas même fermiers ou métayers, et ils habitaient dans une petite masure en lisière de notre propriété, travaillaient chez les uns et les autres à la journée, étaient payés en pain, en farine, et en légumes, ce qui leur permettaient de vivre sans le moindre sou, mais en mangeant à satiété.

Il faut dire également que les bois de châtaigniers leur

procuraient, comme à nous, de quoi passer la mauvaise saison sans craindre de ne pas avoir à manger. On ne dira jamais assez l'importance des châtaignes pour les gens de chez nous. Depuis des siècles, elles ont permis à beaucoup de familles d'échapper à la famine, et dans un passé plus récent, les mauvaises années, elles ont remplacé le pain ou la farine qu'on ne pouvait acheter. Pour moi, le châtaignier est le plus bel arbre du monde, celui qui a toujours fait disparaître la crainte de ne pas manger à sa faim à l'entrée de l'hiver. Et je me revois toute « petitoune », courbée sur la mousse de nos bois, de chaque côté de la route qui descend à Saint-Quentin, écartant les fougères, remplissant mon sac et soufflant sur mes doigts où perlait quelquefois une goutte de sang. Si loin de mon enfance, je sens encore cette odeur merveilleuse d'écorce humide, de mousse et de fougère, qui est déjà, je le sais, je le sens, celle qui m'attend en paradis...

A l'époque, dès que j'ai su marcher, c'est pour aller aux châtaignes que j'ai effectué mes premières sorties. Louise me traînait derrière elle et me faisait asseoir près d'elle, sur une souche, tandis qu'elle ramassait les bogues sans se piquer, avec une adresse que je n'ai jamais pu imiter. Je devais avoir deux ou trois ans. Et c'est à cet âge, également, qu'elle m'a emmenée au village, à Saint-Quentin, où elle se rendait à pied chaque dimanche, pour écouter la messe dans la si jolie petite église proche du cimetière. Comme il me paraissait long, le chemin ! Quelquefois, mon père venait nous chercher avec le cheval, mais c'était plutôt rare. Il n'avait pas de religion, mais il était pourtant plus généreux que ceux qui fréquentaient l'église. Du moins je le crois, car tout le monde recherchait sa compagnie. Moi la première, qu'il distrayait chaque fois qu'il avait un moment de libre, surtout le soir, quand il me prenait sur ses genoux et qu'il me souriait pour cacher sa fatigue.

Ces randonnées au village, provoquées par les messes et les fêtes religieuses, étaient nos seules distractions. Saint-Quentin était alors un hameau de quelques maisons serrées autour de la petite église romane qui sentait bon l'encens et la bougie. Une grande croix veillait sur un lavoir juste derrière la nef. De l'autre côté, le cimetière où sont enterrés tous les miens dormait entre les arbres fruitiers parmi lesquels dominaient les noyers. Dans ce creux de vallon tapissé de verdure, coulaient une paix, un silence que je n'ai retrouvés nulle part ailleurs. Je sais bien que les souvenirs — surtout ceux de l'enfance — rendent toujours la réalité plus belle qu'elle n'était, mais Saint-Quentin est et reste pour moi un lieu béni par le bon Dieu, où je retourne chaque fois que je le peux, avec le même plaisir que j'avais à m'y rendre alors, malgré la longue route d'aller et de retour.

Tous les prétextes nous étaient bons. Toutes les fêtes évidemment, mais c'est égal, celle de Noël avait quelque chose de plus magique que les autres. Ah ! combien je donnerais pour revivre ces Noëls du début du siècle qui me paraissaient tellement lumineux ! Et combien ils vivent encore en moi, tant d'années après ! J'aurais été bien en peine de m'endormir, ces soirs-là, avant la messe de minuit que j'attendais en suçant le morceau de sucre que Louise avait caramélisé pour en faire un vrai bonbon ! Nous étions là, mes sœurs et moi, toutes impatientes, devant la bûche de châtaignier qui craquait dans le feu et que mon père avait soigneusement choisie pour qu'elle ne s'éteigne pas avant notre retour. Avec quelle joie nous nous habillions pour sortir dans le froid, dès que Louise avait prononcé les paroles d'usage :

Onen, bravos gens,
Sans perdre de ten,
Onen nous en a Bethléem,
Per rendre nostre homadsé
Au Diou dou ciel !

(Allons, braves gens,
Sans perdre de temps,
Allons-nous-en à Bethléem,
Pour rendre notre hommage
Au Dieu du ciel !)

Des lanternes tremblotaient dans la nuit, entre les masses sombres des bois, sur les chemins de terre durcis par le froid. Au-dessus de nous, les étoiles lustrées par le gel semblaient renvoyer je ne sais quelle lumière et je me disais que c'était celle de l'Enfant Jésus. Jamais, je le jure, je n'ai eu froid, ni peur, durant ces nuits-là, et pourtant nous traversions les bois qui m'effrayaient tant la journée, même par grand soleil. Une main dans celle de Victorine, l'autre dans celle de Louise, je tapais de mes sabots sur la terre gelée pour réchauffer mes pieds et je me sentais capable d'aller au bout du monde, dont Victorine m'avait dit qu'il s'achevait en haut d'une falaise. Et je l'ai longtemps crue. Exactement jusqu'au jour où j'ai vu le globe terrestre dans la salle de classe, un beau matin d'automne.

Nous en étions loin, ces nuits de Noël-là, tandis que

nous montions la côte jusqu'à l'embranchement du chemin de Tamniès qu'on laissait sur la gauche, avant de prendre la descente qui menait à Saint-Quentin, où les cloches appelaient pour la messe. Nous jouions alors à courir comme des folles en descendant, même quand il y avait de la neige, et nous arrivions au village essoufflées mais heureuses, les joues rouges, les yeux brillants, les oreilles et le menton bleuis par le froid. Nous étions toujours un peu en avance pour voir la crèche, et je ne parvenais pas à la quitter des yeux durant la messe à laquelle, certes, je ne comprenais pas grand-chose, mais qui m'émerveillait. Tous ces chants, ces lumières illuminaient enfin nos vies qui, chaque jour, surtout l'hiver, comme on économisait même l'huile du calel, coulaient dans la pénombre et le silence. Ces messes de Noël, quels soleils ! J'en faisais provision pour les jours à venir, emportant des rayons sur le chemin du retour qui nous voyait nous presser aussi bien qu'à l'aller, impatientes que nous étions de découvrir les menus cadeaux que l'Enfant Jésus avait apportés en notre absence : une orange, quelques pralines, parfois une poupée de chiffons qu'il m'avait semblé apercevoir dans les mains de Louise les jours précédents.

Mon père nous attendait, souriant, aussi heureux que nous, que moi, surtout, la « petitoune », et je voyais briller dans ses yeux le même soleil que dans les lustres de l'église. C'est de ce regard-là dont je me souviens le mieux aujourd'hui, malgré le temps passé. Un regard qui venait tout droit de son cœur assez grand pour contenir tous ses enfants. Et je revois ses cheveux noirs frisés repoussés vers l'arrière, son grand front dégagé, cette manière qu'il avait d'incliner la tête un peu sur le côté pour mieux nous observer, ses épaules de lutteur de foire, son corps trapu, ni grand ni petit, mais si solide sur ses jambes, et ce sourire si tranquille qu'il me semblait devoir durer toujours.

Elles étaient simples, mes joies, mais elles suffisaient à rendre heureuses ces premières années de ma vie : je me souviens de ces premiers de l'an glacés, quand nous sortions dans les matins tout blancs, et que le monde, la terre, les champs, les prés paraissaient endormis pour toujours. Encapuchonnées jusqu'aux yeux, nous allions de porte en porte demander des étrennes en chantant la vieille « Guillonéou [1] ».

Treï doumeizelles sur oun pount
La guillonéou vous demandouns
Moun Capiténo,
La guillonéou vous demandouns
E nostres eïtrenos.

(Trois demoiselles sur un pont
Le gui de l'an neuf vous demandons
Mon capitaine
Le gui de l'an neuf vous demandons
Et nos étrennes.)

Et nous repartions avec quelques noisettes, une pomme, des châtaignes, parfois une friandise qui disparaissait aussitôt dans notre bouche où nous la laissions fondre délicieusement jusqu'à ce qu'il n'en reste plus qu'un grain minuscule à croquer.

A la Chandeleur, nous faisions bénir des chandelles de

1. Au gui l'an neuf.

cire que Louise plaçait dans la chambre, sur la pile de draps. Puis, l'après-midi, nous faisions sauter des crêpes que nous mangions en buvant du vin chaud : un vrai régal dont je n'ai pas perdu l'habitude, même lorsque j'ai vécu seule, après la mort de mon mari. A Carnaval, nous nous déguisions avec de vieilles frusques et nous courions la campagne en chantant. Pour les Rameaux, nous portions à l'église des branches de buis, auxquelles Louise accrochait quelques sucreries. Le Vendredi saint, jamais, pour rien au monde, nous n'aurions mangé de la viande et personne, ce jour-là, ne pétrissait de pain, de crainte d'y trouver du sang. Et puis c'était Pâques, que j'attendais avec autant d'impatience que Noël.

Je me rappelle que c'est précisément un lundi de Pâques — je devais avoir cinq ans — que j'ai traversé Sarlat pour la première fois. Mon père nous avait emmenés tous à la frairie du quartier du Pontet, sur la route du Bugue, pour y manger des œufs, comme il était de tradition. Ah ! Sarlat ! La grande ville que j'allais tant connaître plus tard ! Quelle émotion, c'était, pour moi, de passer entre de si belles maisons, de découvrir tant de gens sur les trottoirs de « la traverse », tant de voitures, tant de vitrines, tant de richesses ! Il me semblait que le monde tournait autour de moi, que jamais je n'aurais assez de temps pour faire miens tous ces trésors, et j'aurais été bien incapable de croire que j'allais y vivre un jour et y rencontrer mon mari.

J'étais loin de ces pensées, ce jour-là, en mangeant mes œufs frits, tandis que le quartier du Pontet retentissait de cris, de chants, et des mouvements inquiétants d'une foule dans laquelle j'avais peur de me perdre. Je n'avais jamais vu tant de monde, et certainement pas dans la petite église de Saint-Quentin lors des grands rassemblements religieux. C'est que le lundi de Pâques, personne n'aurait songé à travailler, pas même ceux qui ne fréquentaient guère l'église, comme mon père. La veille, d'ailleurs, lui qui ne croyait ni à Dieu ni à Diable avait arrosé sa vigne avec de l'eau bénite. Pourquoi ? Parce qu'à cette époque-là, la religion était tellement présente dans les mœurs paysannes qu'elle gouvernait tous les travaux des champs. C'est la raison pour laquelle on ne semait que lorsque le saint en donnait l'autorisation. *« Sent Martin faï lou blat fi »,* disait-on alors, ce qui signifiait qu'il fallait semer le blé à ce moment-là et pas avant. D'ailleurs mon père et Louise connaissaient tout un chapelet de dictons qu'ils énonçaient le soir, à la moindre occasion, au fil de leur conversation. Ils concernaient surtout le temps qu'il allait faire, car il a toujours eu beaucoup d'importance pour les paysans. Ainsi, ils prétendaient que la pluie de la Chandeleur était dangereuse pour les cultures : *« Sé pléou sus la candélo, pléou sus la gobélo »,* disait-on doctement. De même, le temps des Rameaux était censé déterminer celui des mois à venir : *« Lou temp qué faï per Rampan sé rénouvello tout l'an. »* Mon père n'aurait jamais labouré le Vendredi saint, et il redoutait particulièrement la Saint-Georges (le 23 avril), la Saint-Eutrope (le 30), et la Sainte-Croix (le 3 mai). Ces trois funestes journées passées, on pouvait travailler sans crainte : il n'y aurait plus de gelées. Quant à la pluie, mon père n'avait pas son pareil pour la deviner.

— Allez ! Pitioune ! Viens voir la lune avec moi ! me disait-il, souvent, le soir, après souper.

Nous sortions dans la cour et je levais la tête sans lui

lâcher la main. Il m'avait expliqué que les cornes relevées de la lune étaient un présage de pluie et que les cornes basses, au contraire, annonçaient le beau temps.

— Alors ! me disait-il en me soulevant dans ses bras.

Et je lui soufflais à l'oreille le temps du lendemain. Que j'aie deviné juste ou non, j'avais droit à un « poutou », puis il me reposait sur mes jambes et nous faisions le tour de l'étable et de la maison sans plus parler, en écoutant la nuit. J'étais « petitoune », alors, quatre ou cinq ans, peut-être, et pourtant je m'en souviens comme s'il était là, près de moi, cet homme qui me paraissait capable de porter la terre entière sur ses épaules. Je sens encore parfois son odeur de paille et de terre, et c'est si bon que je resterais des heures entières à la respirer...

Dieu que c'est loin, tout ça ! Et pourquoi faut-il que j'aie grandi et que soient venus d'autres enfants ? Le jour où je me suis aperçu que je n'étais plus « la petitoune », il m'a semblé que le vert des prés était moins vert, le bleu du ciel moins bleu, et que mon père ne me regardait plus de la même manière. Il s'était remarié avec Louise discrètement pour éviter les charivaris qui, avant la Grande Guerre, accompagnaient presque toujours les remariages. Je n'ai pas souvenir d'y avoir assisté. Mon père était tellement respecté et estimé, et il avait tant de bouches à nourrir que personne, dans la contrée, n'a osé lui reprocher de prendre une nouvelle femme. La maisonnée s'est agrandie très vite. A l'époque, on ne choisissait pas, comme aujourd'hui, d'avoir des enfants ou pas. Au fil des années sont nés Maria, Aimable, Roger, Félix, et j'étais toujours un peu malheureuse de ne plus être la dernière, celle qu'on dorlote et que l'on gâte. Au contraire, je devais aider Victorine de plus en plus, malgré mes petits bras et mes petites jambes, surtout dans les périodes où le ventre de Louise devenait gros, si gros que je me demandais avec frayeur s'il n'allait pas éclater.

Je devais désormais quitter la maison pour rendre de menus services. Avec Marceline, qui était juste un peu plus âgée que moi, nous allions dans les fermes porter des œufs, des volailles ou des légumes et nous n'étions pas très rassurées. Nous ne risquions rien, pourtant, en tout cas beaucoup moins qu'aujourd'hui, si j'en crois la télévision et toutes les misères que l'on fait aux enfants. Peut-être existaient-elles aussi à l'époque, mais au moins on ne le savait pas. Et comme nous avions surtout peur des bêtes de légende, on ne risquait pas d'en rencontrer sur les chemins que nous parcourions en nous donnant la main pour nous donner du courage. C'est ainsi que mon petit univers s'est agrandi et que j'ai découvert peu à peu les jolis noms des hameaux voisins de notre maison qui, en Périgord, se terminent souvent par le son « i » : la Borderie, la Meynardie, la Salvégie, et celui qui sonnait douloureusement à mes oreilles : la Roussie. Il y avait là en effet l'une de ces femmes moitié sorcière, moitié guérisseuse à qui l'on portait des fromages chaque semaine, et qui avait la réputation de jeter des sorts. Elle était toute noire, des pieds à la tête, et bossue, inquiétante au point que nous tirions au sort, Marceline et moi, pour savoir qui frapperait à sa porte. Louise et mon père en parlaient parfois, toujours à demi-mot, et avec une sorte de crainte, si bien que je ne comprenais pas pourquoi ils nous envoyaient, Marceline et moi, dans un tel antre où nous pouvions demeurer prisonnières. La vieille devait sentir notre appréhension, car elle essayait de nous amadouer avec des morceaux de cajasse [1] qu'elle cuisait épaisse comme deux doigts d'une main. Mais nous n'arrivions pas à faire plus de deux pas dans sa cuisine et nous ne tournions jamais le dos à la porte. Dès qu'elle avait pris ses fromages et nous avait donné ses morceaux de gâteau, nous reculions sans la quitter des yeux, comme si elle allait nous piquer avec son fuseau pour nous endormir. Et une fois dehors, quelle course ! Nous nous arrêtions seulement lorsque nous étions sûres de ne plus apercevoir sa maison, à bout de souffle, bien décidées à implorer Louise de ne plus nous imposer cette épreuve. Elle en riait, se moquait de nous :

— Etes-vous sottes ! A-t-on idée de se mettre dans des états pareils ?

A la Salvégie, c'était un homme qui nous terrorisait. Il vivait seul et on l'appelait le Péïou. Et jamais il ne prononçait un mot lorsque nous lui portions la poule du dimanche, sans même entrer chez lui. Immobile sur le seuil, il nous regardait avec ses grands yeux fous, écarquillés d'une tempe à l'autre, comme s'il allait nous dévorer.

Heureusement, la plupart des maisons que nous visitions étaient plus accueillantes. Et nous avions plaisir à frapper aux portes quand nous savions que nous serions remerciées de notre peine par une tartine de confiture, une pomme cuite, une caresse sur la joue. Nous repartions alors d'un pas léger, fredonnant l'une de ces comptines qui venait tout droit de notre prime enfance et nous alanguissait.

Dès que nous avons été un peu plus grandes, quand nous avions un moment de libre, nous allions jouer près de

---

1. Grosse crêpe de farine de maïs.

la fontaine dans laquelle nous attrapions des têtards (« lus camortels ») qui chatouillaient délicieusement la paume de nos mains. Parfois nous regardions le vol gracieux des libellules, qui faisait rêver Marceline à des voyages.

— Où iras-tu, toi ? me demandait-elle.

— Moi, je ne partirai pas ; je resterai ici.

— Moi, je partirai loin, me disait Marceline ; peut-être même aux Amériques.

Je me suis toujours demandé où elle avait entendu parler des Amériques, la pauvre. C'est moi qui suis partie et elle n'a jamais quitté le Périgord. La vie nous réserve bien des surprises et il faut s'y faire si l'on veut être heureux.

Heureuses, nous l'étions, car nous vivions simples et innocentes, et nous nous contentions de peu. La liberté d'une heure qui nous était accordée nous semblait durer des semaines. Le vol d'un papillon, d'une fauvette, d'un étourneau nous ravissait. Trouver un nid dans lequel pépiaient trois oisillons nous émerveillait. Manger des figues sauvages sur le chemin, écraser dans notre bouche une grappe de raisins, boire à même l'eau de la fontaine, regarder un écureuil sauter de branche en branche étaient autant de trésors à portée de la main. Mais le temps où nous allions devoir nous pencher sur la terre des champs approchait à grands pas. Je n'avais pas cinq ans quand j'ai suivi pour la première fois mes aînées glaner dans les champs après les moissons, dans ces chaumes qui savaient si bien déchirer les chevilles. Je sortais de l'enfance sans le savoir. J'étais désormais assez grande pour gagner mon pain. C'était normal, à l'époque, et j'aurais eu mauvaise grâce de m'en plaindre : j'avais au moins la chance de pouvoir travailler parmi les miens et non pas d'être placée dans une ferme inconnue, comme ces enfants de l'Assistance qui enduraient souvent les pires maux sans pouvoir s'en défendre.

2

Nous ne possédions pas beaucoup de terres, mais, à l'époque, comme nous ne disposions pas du matériel d'aujourd'hui, les travaux étaient longs et pénibles. Semailles, récoltes, fenaisons, moissons, battages, regains, vendanges se succédaient tout au long de l'année, sans oublier les travaux nécessaires à la basse-cour, grâce à laquelle nous mangions de la viande. D'ailleurs mon père aimait beaucoup les animaux, et l'étable, comme la maison, en était pleine. Les chiens, les chats, les oies, les canards, les poules, les veaux, les bœufs formaient un monde bruyant et désordonné qui nous prenait beaucoup de temps mais que, pour ma part, comme mon père, j'aimais beaucoup. Je me suis toujours sentie proche des bêtes. Je les comprends. Elles le sentent et viennent vers moi comme vers une amie. Jamais une abeille ne m'a piquée, ni un serpent, ni un insecte. C'est ainsi, je ne l'ai pas cherché, c'est venu naturellement et j'en suis fière car je crois qu'elles doivent avoir sur la terre la même place que nous. Et combien d'heures ai-je passé à m'occuper d'elles !

Aux canards, malgré mes petits bras, je portais la « bacade » de farine de maïs et d'orties en criant :

— Pirou ! Pirou ! Pirou !

Aux cochons, aidée par Victorine — j'en avais trop peur pour m'aventurer seule dans la soue — je portais des toupis de pommes de terre mélangés avec du son, des topinambours et des châtaignes. Et nous avions aussi des pigeons, des dindons, des pintadeaux pour lesquels, avec Marceline, nous allions chercher des œufs de fourmi dans toute la contrée. Je les aimais tous, excepté la truie qui me terrorisait depuis que Victorine m'avait dit qu'elle avait un jour mangé ses petits.

Ceux que je préférais, c'étaient les moutons, et davantage encore les agneaux dont je me plaisais à voir la queue frétiller quand ils têtaient leur mère. Je suis allée « garder » avec ma sœur aînée dès mon plus jeune âge. Nous avions une « pelouse » à la croix, juste avant le carrefour de la route de Tamniès, sur la droite, en lisière du bois. Que de fois me suis-je assise à l'ombre pour surveiller mon petit troupeau ! Nous possédions à l'époque un chien noir et aux oreilles blanches qui s'appelait Baïlou. Il savait très bien faire son travail et je n'avais qu'un mot à dire pour qu'il me ramène les brebis. Je pouvais à loisir m'allonger dans l'herbe pour manger mon pain frotté à l'ail et suivre des yeux les beaux nuages. Je ne m'en privais pas. Quelle rêveuse, j'étais ! J'adorais me raconter des histoires de prince et de princesse et je crois bien que ça ne m'a jamais passé. La vie, pourtant, s'est chargée de me faire comprendre que ce n'est pas en rêvant qu'on donne à manger à ses enfants, mais c'est égal, j'ai pu aussi m'évader chaque fois que le monde m'a paru trop laid. C'est une chance, je le sais, et je ne m'en prive pas aujourd'hui, quand je suis seule, et que je goûte le soleil, assise sur ma chaise de paille, devant la porte de ma maison.

De cette pelouse, je voyais chaque jour vers cinq heures passer des enfants qui portaient sur le dos des sacoches qui m'intriguaient fort. J'étais bien trop timide pour leur adresser la parole, mais j'aurais bien voulu savoir d'où ils venaient. Victorine, un soir, me l'a appris sans se douter de la blessure qui s'ouvrait dans mon cœur : ces enfants venaient de l'école de Saint-Quentin où ils apprenaient à lire et à écrire. Elle a ajouté qu'ils deviendraient maîtres d'école ou professeurs, peut-être même de grands savants. Elle ne s'est pas rendu compte qu'elle venait de pousser une porte derrière laquelle je ne cesserais plus d'avoir envie de me glisser.

Ma première confidente a été Marceline, mais l'école ne l'intéressait guère : elle préférait courir les chemins et travailler aux champs. Elle ne m'a donc été d'aucune aide le long de cette route sur laquelle je m'étais lancée, poussée par une envie que je ne m'expliquais pas. Car l'envie était là et ne me quittait plus. J'en étais même venue à être jalouse de ces enfants qui passaient tous les soirs en riant, comme s'ils avaient vu le bon Dieu. Mais comment faire pour franchir cette barrière derrière laquelle il me semblait que la lumière des jours n'était pas la même ?

Après bien des hésitations, je me suis confiée à Louise, un soir, tandis que je me trouvais seule avec elle dans la basse-cour, en cherchant les œufs. Je me souviens encore de son regard fatigué, et de ses mots qui m'ont fait si mal :

— Qu'est-ce que tu irais faire à l'école ? Tu ne crois donc pas que nous avons assez d'ouvrage ici ?

Oh ! si ! Je le savais que chacun d'entre nous devait tenir

sa place dans la maison où nous étions si nombreux, et j'ai eu honte de ma conduite. Je me suis tue, donc, mais chaque jour, passé cinq heures, je regardais sur la route ces enfants qui me semblaient plus beaux et plus riches que je ne le serais jamais.

Et puis, un dimanche d'octobre, je me suis trouvée seule avec mon père, dans les bois où il faisait du feuillard — le feuillard, c'est une petite branche de châtaignier, qui, fendue en deux, sert à fabriquer des paniers ou des cercles de tonneaux. Je revois le regard de mon père, assis sur une souche, en train de manger son « quatre heures », quand je lui ai dit avec toute la confiance que j'avais en lui :

— Comme j'aimerais aller à l'école !

Ses yeux gris où j'avais l'habitude de lire sans peine son humeur du moment se sont posés vers moi et, comme devant Louise, j'ai eu honte de ce que je venais de dire, surtout en m'adressant à cet homme à qui, pour rien au monde, je n'aurais voulu faire de peine.

— A l'école, pitioune ? m'a-t-il répondu ; et pourquoi faire ?

— Pour apprendre à lire et à écrire, comme les autres enfants.

— Quels enfants ?

— Ceux de la Roussie, qui passent tous les soirs, leur sacoche sur l'épaule.

Il n'a plus rien dit durant quelques secondes, puis il m'a demandé en se penchant vers moi :

— Et si tu savais lire et écrire, qu'est-ce que tu ferais ?

— Je serais si contente !

Il s'est redressé, a mangé son dernier morceau de pain,

puis il s'est mis à réfléchir, sans parler, un long moment. Je croyais qu'il avait oublié quand il m'a dit avant de se lever :

— On entre dans la mauvaise saison. Le travail presse moins. C'est entendu, tu iras à l'école avec Marceline.

Si j'avais pu, j'en aurais crié de bonheur. Mais je ne crois pas qu'il se doutait de la joie qu'il me donnait, cet homme. Et j'aurais bien voulu me suspendre à son cou, mais je n'avais plus l'âge et il s'occupait maintenant davantage des plus petits que j'enviais, en silence, tandis qu'il les faisait sauter sur ses genoux.

Dès lors, je n'ai plus pensé qu'à l'école et j'ai attendu avec une impatience folle le lundi suivant. Je m'en souviendrai toujours, de ce lundi-là. C'est Louise qui nous a emmenées, Marceline et moi, vers l'institutrice qui était une vieille femme que je n'ai jamais oubliée. Je revois très bien son visage, grave et beau, creusé de rides profondes, qui savait être à la fois sévère et souriant. Ce devait être à la fin octobre et l'école avait commencé depuis plusieurs semaines. Pas le moindre reproche, cependant, n'est sorti de sa bouche, au contraire : elle nous a accueillies, Marceline et moi, comme si nous lui avions fait cadeau de notre présence. Puis, une fois que Louise a été repartie, elle nous a installées sur un banc, dans la rangée située face à son bureau, et elle nous a donné un livre. Mon Dieu ! Ce livre ! Je n'en ai jamais vu de plus beau ! Aujourd'hui encore je revois sa couverture bleue et les voyelles qui dansaient devant mes yeux pleins de larmes. J'avais vraiment l'impression d'avoir trouvé un trésor, car nous n'avions pas de livre, chez nous, à part peut-être un almanach que mon père consultait quelquefois, non pour le lire mais pour regarder les images, car il savait seulement compter, son propre père le lui ayant sommairement appris sur les foires.

C'est ce matin-là que j'ai commencé à parler le français, car, chez nous, nous ne parlions que le patois. J'étais heureuse en répétant les lettres et les mots que prononçait la maîtresse, comme si j'entrais enfin dans le monde enchanté qui m'avait toujours été interdit. A force d'ânonner les a, les o et les i, la matinée a passé très vite, si vite que je me suis retrouvée, tout étonnée, dans la cour jonchée des feuilles de l'automne. Sous le préau, Marceline et moi avons mangé nos châtaignes blanchies en regardant, de l'autre côté de la route, l'église où nous avions passé de si beaux Noëls, et nous avons fait connaissance avec les autres enfants, une quinzaine, environ, dont ceux qui passaient sur la route, chaque soir. Même si je ne peux pas mettre un nom sur chaque visage, je les revois, les enfants de la Roussie, et parmi eux plus particulièrement cette brunette qui s'appelait Noémie. Peu nombreux étaient ceux qui rentraient chez eux à midi, car la plupart d'entre eux habitaient loin. Certains faisaient chauffer sur le poêle, soit des pommes de terre, soit un reste de ragoût, parfois de la soupe, ou tout simplement un peu de lait.

Je garde de ces midis à l'école, surtout pendant l'hiver, quand nous étions obligées de rester à l'intérieur, le souvenir d'heures d'une grande douceur. De temps en temps, notre institutrice venait voir si tout allait bien, et parfois elle restait avec nous et donnait à manger à ceux qui en avaient le moins. Car le dévouement de cette femme n'avait d'égal que sa générosité. Elle vivait dans le petit appartement contigu à la salle de classe dans des conditions assez misérables, mais je l'ai vu souvent se priver pour venir en aide à ceux d'entre nous qui en avions le plus besoin. Je l'ai même vue en hiver, durant les grands froids, prêter sa pèlerine à ma voisine qui toussait, et ne pas hésiter à faire plus de trois kilomètres dans la neige pour raccompagner celui ou celle qui était malade. J'ai beaucoup appris auprès d'elle, et je l'ai aimée dès ce premier jour où elle nous a si gentiment accueillies ma sœur et moi.

L'après-midi, elle nous a distribué des bûchettes et a tracé des bâtons sur le grand tableau noir pour nous apprendre à compter sans perdre de temps. Elle savait qu'elle ne pourrait pas nous garder bien longtemps et qu'elle devait remplir sa mission le plus rapidement possible. Chère madame R... ! Si vous saviez combien j'ai pensé à vous tout au long de ma vie et combien il m'a été difficile de vous quitter dès le premier soir ! Il l'a bien fallu, pourtant, et, à quatre heures, après un dernier encouragement de sa part, nous nous sommes mises en route en compagnie des enfants de la Roussie avec qui, déjà, nous avions fait amitié.

Ainsi a commencé pour moi une nouvelle vie, même si elle ne nous dispensait pas de travailler en arrivant à la maison. L'hiver, les moutons étant à l'étable, nous n'avions à nous occuper que de la basse-cour. Mais dès le mois d'avril, il fallait « garder » chaque soir et nous devions faire nos devoirs le cahier posé sur les genoux. Cela ne me gênait pas. Je me suis toujours accommodée de tout dès mon plus jeune âge, et le fait de pouvoir aller à l'école suffisait largement à mon bonheur.

A partir du printemps, les grands travaux reprenaient dans les champs, et il n'était pas question de ne pas y prendre notre part. Que de fois j'ai tenu l'aiguillon devant les bœufs tandis que mon père passait le « dental » dans les petites cartonnées de seigle ou de blé ! Plus tard dans l'année, même si l'école ne s'achevait que le 31 juillet, nous manquions la classe pour faire les foins, sans que cela prête à conséquence : c'était la coutume, alors, et notre vieille institutrice l'acceptait, car elle savait que nos familles tiraient l'essentiel de leur subsistance de la terre. Elle avait d'ailleurs l'habitude d'établir un calendrier de travail qui tenait compte des grands travaux, de manière à ce que ses élèves n'en pâtissent pas. Si bien que nous progressions tous au même rythme et que la classe était agréable pour tout le monde.

Pour ma part, je n'y trouvais rien à redire, d'autant que j'aimais beaucoup les fenaisons. Suivre les andains, monter les pateaux, puis les meules, grimper sur la charrette dans le soir tombant, tasser le foin les pieds nus dans la « juque [1] » jusqu'à tomber de fatigue dans l'odeur poivrée de l'herbe sèche, m'a toujours semblé, dans le bleu lumineux des premiers jours d'été, être l'un des grands bonheurs de la vie. Et cela me manque aujourd'hui, de ne plus voir Louise répandre l'eau bénite à la première charrette qui entrait dans la grange, et de ne plus pouvoir m'allonger dans le foin où, les mains croisées derrière la tête, je rêvais à des sources fraîches, des nuits étoilées, des matins de rosée blanche.

C'était l'époque des feux de Saint-Jean, et chaque ferme avait le sien. Avant que de l'allumer, il était de tradition de « maïer », c'est-à-dire de tapisser de verdure les maisons, les granges et les hangars, afin, croyait-on, de protéger nos

1. Le grenier à foin.

murs, et ceux qui abritaient les bêtes. Cette verdure parfumait merveilleusement les soirées durant lesquelles on allumait les feux. Chez nous, nous le préparions plus d'une semaine à l'avance et nous faisions en sorte qu'il soit le plus beau, le plus grand de la contrée. Combien de fois ai-je sauté ces flammes en espérant me marier dans l'année ! J'étais trop petite, alors, mais je croyais à tout ce que j'entendais et rien ne me paraissait impossible.

Quand il n'y avait plus que des braises, nous restions encore un long moment à se chauffer les reins, ce qui était censé nous préserver des rhumatismes durant toute notre vie. Ensuite, saint Jean-Baptiste étant le patron des bergeries, les femmes traçaient des croix avec les brandons sur la porte des étables, afin que les animaux soient protégés des épidémies pendant l'année à venir. Je me rends compte, en évoquant ces coutumes, combien on prenait soin des bêtes, à cette époque-là. Elles étaient notre seule richesse. En perdre une ou deux rendait l'avenir plus sombre et plus incertain. C'est pour cette raison que les croix de la Saint-Jean ne suffisaient pas. Il y avait à la Saint-Roch, sur les places des villages, de grandes bénédictions d'animaux, ou encore à l'occasion des foires, comme à Sarlat, le 6 décembre, qui voyait le vicaire en surplis et armé de son goupillon, parcourir les allées et bénir le bétail. Au retour de ces bénédictions, je sentais combien nous étions rassurés, enfants et parents, et combien s'éloignaient les menaces qui, d'ordinaire, rôdaient autour de nous : celles des épidémies, du feu ou de la foudre.

De la grêle, aussi, surtout l'été, quand les orages crèvent sur les terres en menaçant de hacher les blés et les raisins. Ils sont toujours violents en Périgord. Pourquoi ? Je ne saurais le dire, mais j'en avais terriblement peur depuis le jour où la foudre était tombée sur le grand chêne de la cour. Aussi, chaque fois que j'entendais le tonnerre et que de lourds nuages montaient au-dessus des bois, j'aurais voulu disparaître sous terre. Les cloches de Saint-Quentin et des villages alentour se mettaient à sonner à toutes volées pour éloigner la grêle qui pouvait détruire les récoltes en quelques minutes. Louise nous rassemblait devant le crucifix de sa chambre et nous faisait réciter d'interminables prières, tandis que mon père, comme nos voisins, allait lancer des fusées qui étaient censées faire barrage aux nuages mais y réussissaient rarement. Souvent la grêle faisait son ouvrage de mort. Pourtant, nous avions bien pris soin de brûler le bouquet bénit lors de la Fête-Dieu. Et je ne comprenais pas, quand l'orage s'éloignait et que l'on sortait dans les vignes pour constater les dégâts, pourquoi le bon Dieu nous avait si peu écoutés.

Je sais aujourd'hui qu'il se préoccupe davantage de nos pensées et de notre cœur que des colères du ciel. C'est en traversant les épreuves qu'il nous envoie que nous devenons plus grands, que nous nous haussons vers Lui comme ces enfants qui se mettent sur la pointe des pieds pour atteindre un fruit, ou une friandise. Alors, seulement, il nous voit et nous tend les bras. Il me semblait déjà, à l'époque, quand nous lui demandions de détourner l'orage ou que nous parcourions les chemins en procession contre la sécheresse, que ne pas accepter les épreuves qui sont le chemin le plus sûr menant jusqu'à Lui, c'était lui faire offense. Et j'avais un peu honte, pour tous les miens, de manquer de courage, même si je ne le montrais pas. C'est du moins le souvenir que j'en ai gardé. Et si les épreuves ne m'ont pas manqué, tout au long de cette vie qui s'achève, je ne les ai certes pas toutes vécues avec la sérénité et la force que j'aurais souhaitées. Peut-être, après tout, la faiblesse est-elle aussi nécessaire à notre marche en avant vers ce monde où Il nous attend avec la tendresse d'un père envers ses enfants...

Mais qu'est-ce que je dis là ! Plus que des nuages, dans mon enfance bénie, il y avait du soleil. Du soleil et de si belles moissons que je sens encore le chaud parfum de la paille et des grains battus sur les aires, dans les après-midi de feu. Je revois aussi ces aubes bleues, le long des sentiers humides de rosée, quand je suivais les hommes qui allaient faucher le blé à la faucille. Je m'asseyais au bout du champ et, dès que l'un d'eux me faisait signe, je m'approchais, la bouteille fraîche à la main, pour le faire boire. Se levaient alors sous mes pieds des effluves tendres et dorés qui m'enivraient. Ils s'épaississaient davantage au fur et à mesure que le soleil montait, devenaient étouffants à midi. Les hommes rentraient alors, harassés, affamés, pour un grand repas dans la cour, à l'ombre du grand chêne. J'aidais mes sœurs à les servir, portant les plats et les cruches de vin dont le contenu disparaissait aussitôt posé sur la table. Je me souviens de ces banquets comme de vrais moments de bonheur dont la gaieté, malgré la fatigue, me rendait le ciel encore plus bleu. L'après-midi, après une « plansiéro [1] » à l'ombre, les hommes repartaient couper le blé jusqu'au soir, puis, de nouveau, ils s'attablaient à la lueur des lampes pour un souper qui s'achevait tard dans la nuit.

---

1. Une sieste.

Mais le véritable festin était celui du dernier jour des moissons, à l'occasion de la gerbebaude. Le bouquet de fleurs des champs qui ornait la dernière charrette était posé sur la table. Toutes les familles du voisinage — du moins celles qui avaient aidé aux moissons — étaient présentes. C'était comme un repas de noces. On mangeait, on buvait, on chantait jusqu'à deux ou trois heures du matin et je n'étais pas la dernière. Un petit verre de vin du pays ne m'a jamais fait peur, même si, étant jeune, je le coupais d'eau fraîche. C'était durant ces fêtes du travail que les jeunes se rencontraient et que, parfois, des amitiés se nouaient. Cela n'a pas été vrai pour moi, mais pour Marceline et pour Flavie. Placées dans des fermes à treize ans, elles ont connu leur mari l'une à l'occasion des moissons, l'autre lors d'une veillée de dénoisillage. Ainsi allait la vie. Du travail naissait souvent le bonheur, et tout le monde y trouvait son compte.

Car le travail ne s'achevait pas avec la gerbebaude. Le dépiquage commençait presque aussitôt. Chez nous, contrairement à certaines fermes des alentours, on ne battait pas les gerbes, mais on les foulait au rouleau que tiraient les bœufs de mon père. Ensuite, on se servait du « ventadou [1] » pour séparer la paille des grains, et c'était un plaisir que voir les sacs gonfler de ce blé qui allait nous assurer tout notre pain de l'année. Enfin, la récolte rentrée, on avait un peu de temps devant nous jusqu'aux vendanges. Cela ne nous dispensait pas du travail de tous les jours dans la basse-cour, mais nous avions l'impression d'être un peu en vacances, bien que ce mot, à cette épo-

1. Le tarare.

que-là, n'ait pas eu beaucoup de sens. Et puis arrivait octobre, mais il n'était pas question de regagner l'école avant d'avoir ramassé les châtaignes, rentré le blé noir et, enfin, récolté les noix qui me faisaient tant pleurer à cause de la couleur si désagréable que prenaient mes mains pour de longs jours. Je n'en avais pas honte, non, d'autant plus que toutes celles de mes amies, à l'école, étaient semblables aux miennes, mais il me semblait qu'elles ne retrouveraient plus jamais leur couleur d'avant, celle de l'enfance que je croyais avoir perdue pour toujours.

Cela s'arrangeait avec les premiers jours de l'hiver. Ce n'était alors plus les noix qui menaçaient mes mains, mais le froid et les gerçures. Louise nous avait tricoté des mitaines afin que nous puissions porter nos sacoches sans « attraper l'onglée ». Elle se souciait sans cesse de ses enfants, la pauvre femme, et, à cette saison, en plus de tous ses travaux ménagers, elle trouvait encore le temps de gaver les oies et les canards, d'en faire des confits, des grillons, des cous farcis dont nous nous régalions toute l'année. Elle ne se plaignait jamais de tant de besogne. Et pourtant elle n'avait aucune distraction, si ce n'étaient les messes et les processions qui l'arrachaient pour une heure ou deux à son travail. Ces distractions étaient aussi les nôtres, je l'ai dit, et nous ne nous en plaignions pas, car nous n'en connaissions pas d'autres. Étions-nous malheureuses pour autant? Certes pas. Et surtout pas moi qui m'évadais si facilement par la pensée. En réalité j'étais heureuse sans le savoir. J'allais l'apprendre à mes dépens l'année de mes onze ans, lorsque Louise est tombée malade. Nous étions trop nombreux à la maison. Mon père me l'a fait comprendre un soir avec beaucoup de précautions, le pauvre homme. Il m'avait « trouvé une place », comme on disait alors, à l'auberge B..., à Sarlat, et je devais quitter les miens avant la fin du mois. Adieu l'école et le certificat qui me paraissait promis ! Adieu Victorine, Roger, Félix, Mariette ! Adieu mes moutons, mes amies, mes bois et mes prés ! J'ai bien cru en mourir. Nous étions en octobre de l'année 1900. J'avais onze ans et je devais gagner ma vie. Comme j'ai pleuré, la nuit, en cachette, sous mon édredon de plume ! Tous mes rêves s'envolaient. Je ne deviendrais jamais institutrice ou savante, comme cette Marie Curie dont j'avais entendu parler et qui me rendait si courageuse.

J'ai cru jusqu'au dernier moment, pourtant, que quelque chose ou quelqu'un allait me sauver. Mon institutrice, d'abord, qui n'avait pas voulu me croire lorsque je lui avais annoncé la nouvelle. Elle était venue voir mon père et lui avait parlé toute la soirée. Et elle était revenue trois jours durant, se battant de toutes ses forces pour me garder, en pure perte. J'ai compris que tout était perdu le matin où elle ne m'a pas regardée dans les yeux. Il m'a semblé aussi ce jour-là qu'elle était encore plus malheureuse que moi. Mais que pouvait-elle faire après avoir vu Louise couchée et tous ces enfants dans la maison ? Rien. Elle le savait dès le premier jour et pourtant elle avait voulu y croire jusqu'au bout.

Le dernier soir, elle m'a gardée avec elle pendant une heure et m'a parlé avec une voix si douce que je l'entends encore aujourd'hui. C'étaient des mots à elle, si bons, si pleins de courage, que je ne les ai pas oubliés. Elle me disait en me tenant les mains que rien n'était jamais définitif, que je pourrais plus tard continuer d'apprendre, qu'elle m'aiderait, que la vie n'était que ce que l'on en faisait, mais à ses yeux brillants et à sa voix qui tremblait je savais que ce n'était pas vrai. Elle m'a embrassée au portail pour la première fois, et aussi la dernière. Je ne l'ai jamais revue. Je crois que je n'en aurais pas eu la force. Elle non plus. Elle faisait partie de ces gens, peu nombreux, à l'époque, qui croyaient que le savoir pouvait guérir des pires maux, et qui avaient fait de leur vie un sacerdoce. Je l'ai aimée dès que je l'ai vue. Sa voix et son sourire m'ont manqué bien souvent au cours de ma vie et j'ai toujours pensé à elle comme à quelqu'un qui, de loin, veillait sur moi en silence et de tout son cœur.

Mon père non plus ne me regardait plus dans les yeux. Pourtant, de quoi pouvait-il avoir honte, le pauvre homme ? Il était fréquent de louer ses enfants pour une paire de sabots et deux louis d'or. Moi, je serais nourrie, blanchie, logée et je devais encore gagner cinq sous par semaine. De quoi aurais-je pu me plaindre ? D'avoir onze ans, peut-être, alors que les filles, en général, partaient un peu plus tard de chez elles. Mais je ne lui en ai jamais voulu, car je me suis rappelé combien il avait été bon avec moi, en me permettant d'aller à l'école.

Je n'ai pas oublié non plus ce jour où il m'a emmenée. Je m'en souviens très bien : c'était un dimanche après-midi. Je portais ma plus belle robe, celle, justement, que je passais d'ordinaire avant d'aller à la messe et que je quittais aussitôt revenue. Ce dimanche-là, je l'avais gardée, car ce n'était pas un jour comme les autres, hélas ! Louise était couchée. Cela faisait trois semaines qu'elle ne pouvait pas se lever, et je n'arrivais pas à savoir ce qu'elle avait — je sais aujourd'hui que c'était une fausse couche qui s'était mal passée. Je suis allée l'embrasser et c'est à peine si elle a pu lever les yeux sur moi. Ensuite, je suis partie voir une dernière fois mes moutons, ma fontaine, les chemins que j'avais parcourus si souvent avec Marceline. Mon père n'osait dire un mot. L'après-midi s'avançait et je ne pouvais pas me décider à monter sur la charrette. Je ne pouvais vraiment pas. C'était au-dessus de mes forces. Alors mon père s'est approché et il s'est accroupi devant moi, le pauvre homme.

— Tu sais, « pitioune », m'a-t-il dit, il m'en coûte autant que toi.

Et il a continué à hocher la tête en répétant :

— Il m'en coûte, petite, il m'en coûte.

J'ai eu honte de l'avoir obligé à s'abaisser ainsi et j'ai compris qu'il fallait que je sois courageuse. J'ai respiré un grand coup et je suis montée dans la charrette en regardant droit devant moi. Nous avons pris la route de Sarlat sans parler. Il avait serré le frein pour ne pas aller trop vite. Et moi, les yeux noyés, je m'étais tournée de l'autre côté et je voyais défiler les châtaigniers de mon enfance en me disant que j'étais grande, désormais, et que je n'avais pas le droit de pleurer. J'ai pensé tout le long du trajet à ce certificat d'études que je n'aurais jamais, à mon école qui s'éloignait pour toujours, à mes frères et sœurs, à la grande maison où j'étais née et dans laquelle, peut-être, je ne reviendrais plus jamais.

Mon père, qui le devinait, a fait durer le trajet le plus longtemps possible. Il s'est même arrêté dans un petit sentier qui entrait dans les bois, avant la grande descente. Nous avons fait quelques pas côte à côte, soulevant les fougères comme si nous cherchions des champignons. Mais ni lui ni moi n'avions le cœur à chercher ces cèpes qui avaient pourtant embaumé mon enfance tous les automnes. Et pas davantage à parler. D'ailleurs c'était un homme qui parlait peu et il m'en avait beaucoup dit, en venant vers moi, avant que je monte dans la charrette. A la fin, il s'est retourné et je l'ai suivi sans un mot. Nous sommes repartis, toujours aussi lentement, sans se presser. Il s'est mis à pleuvoir et j'en ai été bien contente : les bois me paraissaient moins beaux, les chemins devenaient gris, et j'avais un peu moins de peine.

Quand il m'a quittée après m'avoir présentée à mes patronnes, il m'a entraînée un peu à l'écart pour me dire :

— Prends bien garde à toi, « pitioune », et ne languis pas trop ; je passerai te voir.

Il s'est éloigné sur la charrette que j'ai regardée disparaître en retenant mes sanglots de peur de me faire gronder. Même aux pires moments de ma vie, je n'ai pas eu l'impression d'être aussi seule au monde, et perdue, et fragile, comme ce triste jour d'octobre.

3

Une nouvelle vie a commencé pour moi le soir même, auprès de mes patronnes : deux sœurs dont l'une, l'aînée, avait épousé un M. B... qui était instituteur au cours moyen de l'école laïque. Elle s'appelait Madeleine et c'était elle qui dirigeait la maison, même en présence de son mari. Elle était brune, grande, maigre et peignée en chignon, ce qui lui donnait un air tellement sévère que j'en ai eu peur dès le premier instant où je l'ai vue. C'est elle qui m'a montré ma chambrette mansardée, sous les toits, et le petit lit dans lequel j'allais dormir pendant douze années de ma vie.

Sa sœur, Julie, était plus petite et plus grosse. Deux yeux clairs animaient son visage rond qui exprimaient une bonté calme et une nature heureuse. J'ai tout de suite senti que je m'entendrais bien avec elle et qu'elle me serait secourable. Elle était toujours prête à faire plaisir, et ce qui la mettait réellement en joie, c'était de voir revenir les plats vides à la cuisine où elle travaillait, tandis que Madeleine assurait le service dans la grande salle.

L'auberge B... n'en était pas vraiment une, car elle n'avait que deux chambres à l'étage et pas d'écurie pour les chevaux. Les anciens bâtiments annexes avaient été vendus à la suite de je ne sais quel règlement de famille. C'était donc plutôt un restaurant qui servait des repas à midi et le soir, et dont la clientèle était celle des voyageurs en route pour Le Bugue, Montignac ou Salignac. Mais il y avait foule les jours de foire et de nombreux ouvriers venaient y prendre pension. Elle était située un peu avant la Croix-Rouge où se trouvait le terminus du tramway qui, à l'époque, traversait Sarlat de part en part. Mais je ne le savais pas encore. J'allais le découvrir au long des jours qui allaient passer, de longs jours, de longs mois, de longues années.

Qu'elle m'a paru petite, ma chambrette, ce premier soir, et comme j'ai eu froid dans le lit, moi qui n'avais jamais dormi toute seule ! Je n'avais même pas la force de pleurer et je pensais à tous ces jours qui avaient précédé mon départ avec une grande mélancolie. J'essayais de me rassurer en pensant à Julie, avec qui j'avais fait la vaisselle avant de monter me coucher. Elle m'avait aidée à porter un broc d'eau et une cuvette pour ma toilette du lendemain. Elle et sa sœur, en effet, prenaient grand soin d'elles-mêmes et sentaient bon l'eau de Cologne. Ce sont elles qui m'ont donné le goût de la propreté du corps — ce qui n'était pas très habituel à l'époque —, et je m'en félicite encore aujourd'hui. D'ailleurs, depuis le jour où Julie m'a fait cadeau d'une bouteille d'eau de Cologne, je n'ai jamais cessé d'en utiliser. C'est aussi grâce à elle que j'ai pris l'habitude d'en verser un peu sur mon mouchoir à carreaux de la semaine, et sur mon mouchoir blanc du dimanche. Elles étaient nées dans une grande famille de la ville où l'on accordait plus d'importance à la propreté que dans les campagnes. Cela tient peut-être au fait que les conditions de confort y sont meilleures, mais pas simplement : ceux qui travaillent continuellement ont peu de temps pour penser à eux ; ceux qui ont de l'aisance, au contraire, ont tout loisir de prendre soin de leur personne, et même souvent plus qu'il ne faudrait. En tout cas, pour ma part, le jour où j'ai pu disposer d'une douche — mais j'ai dû attendre soixante-dix ans pour ça — j'en ai été bien aise et je me suis rappelé aussitôt le broc d'eau de ma petite chambre sous les toits.

Mon Dieu ! cette première nuit ! Il me semble, si je ferme les yeux, que je tremble de froid et que j'entends, de l'autre côté de la cloison, dans le grenier, les rats qui se poursuivaient en couinant. Non que j'aie eu peur des rats, car j'en avais assez vu dans les granges et les greniers de chez moi, mais ils faisaient écho à d'autres bruits inconnus qui, lorsque je réussissais à m'assoupir, venaient me rappeler que j'avais quitté ma maison. Je n'avais qu'une hâte : que le jour se lève et que, enfin, je ne sois plus seule, moi qui ne l'avais jamais été, même la nuit. J'ai dû m'endormir un peu avant le matin, parce que je me rappelle avoir sauté de mon lit quand Madeleine a ouvert la porte en disant :

— Lève-toi, petite, c'est l'heure !

Cette phrase-là, je l'ai entendue des milliers et des milliers de fois, et il m'a fallu de longs mois avant de m'y habituer. D'ailleurs, les premiers jours, tellement j'avais sommeil, assise sur mon lit, je m'habillais les yeux fermés, et je ne me levais vraiment que lorsque Madeleine, impatientée, me rappelait d'en bas. Combien de fois, du reste, m'a-t-elle fait remonter parce qu'elle n'avait pas entendu l'eau couler dans la cuvette ! Surtout l'hiver, quand il faisait trop froid et que la seule idée de l'eau sur mes mains me faisait frissonner. Je ne souhaitais alors qu'une seule chose : me réchauffer en mangeant une assiette de soupe au lait, dans laquelle Julie, en cachette de sa sœur, me versait un doigt de café.

Ensuite, encore tout engourdie de sommeil, j'approvisionnais en bois la cheminée qui ronflait déjà, et je serais bien restée à me réchauffer et à rêver sur le banc de paille tressée, mais le travail n'attendait pas : il fallait aider Julie à éplucher les légumes, faire les lits, nettoyer la grande salle, mettre les couverts, aller faire les courses avant le grand branle-bas de midi.

Faire les courses, au début, me faisait peur. D'une part, je craignais de me perdre et d'autre part j'étais très intimidée par tous les inconnus que je croisais en chemin, moi qui avais toujours vécu dans un petit monde au milieu duquel chaque visage m'était familier. Petit à petit, pourtant, je me suis enhardie et j'ai emprunté la traverse, cette route qui coupe Sarlat dans toute sa longueur, ou presque. J'ai fait connaissance avec la petite place aux noix, celle de la mairie, le quartier de l'Endrevie, de la Grande-Rigaudie, et j'ai osé prendre le tramway qui, de la Croix-Rouge au Pontet, lâchait sa fumée noire en faisant fuir les piétons. A l'époque, en effet, les voitures automobiles étaient encore rares. Les rues étaient encombrées de charrettes et de chevaux, surtout les jours de marché. Ce jour-là, précisément, je devais me hâter de rentrer, car nous faisions deux services au lieu d'un : en plus des pensionnaires habituels, il y avait les paysans venus au marché, qui mangeaient chez nous à midi et souvent le soir. Ce jour-là aussi, même si je me levais encore plus tôt et n'avais guère le temps de rêver, j'étais contente, car je savais que j'allais voir mon père. Je ne pouvais lui parler que quelques minutes, mais elles me semblaient durer une éternité et demeuraient en moi jusqu'au soir, belles comme un sou neuf. Quand il me quittait, je regardais disparaître la charrette au tournant de la route, puis je revenais vite dans la cuisine aider Julie, non sans avoir jeté un coup d'œil inquiet dans la grande salle bondée. Pourtant les restaurants étaient nombreux en ce temps-là, à Sarlat. Les deux plus connus, le Lion d'Or et la Madeleine, affichaient complets eux aussi. Mais les jours de marché et de foire, notamment celle du 5 juillet et celle du 6 décembre, la plus petite pension ne désemplissait pas.

C'est à l'occasion de l'une de ces foires, celle du 5 juillet, je crois, que j'ai quitté la cuisine pour servir dans la salle pleine d'éclats de rires et de fumée, un jour que Madeleine était malade. Je devais avoir treize ou quatorze ans. Comme j'avais peur ! Il me semblait que le moindre cri, le moindre rire m'était adressé et j'aurais bien voulu disparaître sous la terre, ou derrière un tas de paille, comme il m'arrivait de disparaître, à Saint-Quentin, quand j'avais fait une bêtise. Il fallait voir tous ces hommes affamés — les femmes n'entraient pas dans les restaurants, du moins les jours de foire — manger à grand renfort de vin le bouilli de bœuf, le rôti de veau aux haricots blancs ou la tourtière aux salsifis ! J'avais l'impression qu'ils ne seraient jamais rassasiés et que j'allais devoir les servir toute la nuit.

— Garde bien tes distances ! m'avait conseillé Julie.

J'étais si innocente, alors que je n'avais pas très bien compris ce qu'elle voulait me dire. Oh ! certes ! J'avais déjà entendu quelques compliments dans la rue sur ma bonne mine, mais j'avais bien trop peur des garçons pour prêter l'oreille à leurs discours. Avant mon départ, Victorine, ma sœur aînée, m'avait glissé quelques mots qui m'avaient appris juste ce qu'il fallait savoir pour ne pas faire passer Pâques avant les Rameaux. Mais comment aurais-je pu imaginer les pièges qui m'attendaient dans cette salle où je m'aventurais pour la première fois ?

Dès le début, ma meilleure défense a été de ne pas répondre, même quand l'un d'entre eux dénouait mon tablier ou faisait le joli cœur. Pour le reste, j'ai appris à passer suffisamment à l'écart, et avec promptitude, pour éviter les mains qui, parfois, s'attardaient et me faisaient monter au front le rouge de la honte. Non pas pour moi, mais pour eux. Il me semblait qu'ils valaient tous mieux que l'image qu'ils donnaient d'eux, ces hommes qui, pour la plupart, avaient des femmes et des enfants à la maison. Mais quoi faire ? Je rentrais en moi et tâchais de ne penser qu'à mon travail. Ce qu'il pouvait m'arriver de pire, ces jours où la salle était pleine, c'était de renverser une soupière ou un plat. Alors tout se mettait à tourner autour de moi, et il fallait que Julie vienne aider Madeleine à ramasser les dégâts, car je me réfugiais dans la cuisine d'où personne n'aurait pu me faire sortir. Je ne réapparaissais que lorsque toutes les conversations avaient repris, tête basse, incapable de voir plus loin que le bout de mes pieds, plus malheureuse encore d'avoir laissé tomber la bonne cuisine de Julie.

Quand j'y repense, pourtant, je me dis que cet apprentissage m'a permis d'apprendre très tôt ce qu'il fallait faire ou pas en présence des hommes. Cela m'a été très utile plus tard, quand, devenue femme, j'ai exercé ce métier — la cuisine, le service — dans des conditions plus difficiles encore. D'ailleurs tout ce que j'ai appris dans ma première place m'a beaucoup servi par la suite et j'en suis reconnaissante à Julie et à Madeleine, même si celle-ci n'avait pas toujours la manière pour m'enseigner l'art de servir les autres.

Car j'ai tout fait, ou presque, chez elles : le service, la cuisine, la vaisselle, mais aussi la lessive, une fois par semaine, dehors, le plus souvent, sous un appentis ouvert à tous les vents. C'est là que je faisais bouillir le linge dans une lessiveuse installée dans un four en briques réfractaires, et c'est là aussi que je rinçais, sur un évier de pierre, même l'hiver, par temps de gel.

Non ! je n'étais pas malheureuse. Je travaillais beaucoup, c'est tout, et c'était normal à l'époque. Mes patronnes étaient justes avec moi et m'apprenaient les bonnes manières en me donnant une éducation que je n'aurais pas, sans doute, acquise si j'avais été placée dans une ferme. Voilà pourquoi je pense que j'ai eu de la chance. Car cette bonne éducation, plus tard, j'ai pu la transmettre à mes enfants, et je suis fière aujourd'hui de ce qu'ils sont devenus...

En attendant, là-bas, je grandissais sans m'en rendre compte. Quatorze ans. Quinze, puis seize, déjà, si vite. Je n'étais pas grandette, mais j'étais jolie, je crois, si j'en juge par le regard des garçons qu'il m'arrivait de croiser parfois, très vite, juste le temps de le vérifier, comme savent si bien le faire les jeunes filles, à l'âge où il faut peu de choses pour que le cœur soit content. Je n'avais bien sûr pas d'amoureux, n'en ayant ni le temps ni l'envie. Il m'arrivait de m'en inventer, pourtant, quand je retrouvais mes sœurs dans notre maison où je revenais deux ou trois fois l'an. Quelle fête c'était chaque fois ! Et comme j'étais heureuse de les revoir tous, les grands et les petits, mon père toujours aussi affable et Louise, la pauvre femme, qui semblait tous les jours se courber davantage. Je faisais semblant de ne pas m'en apercevoir car rien, ce jour-là, ne devait gâcher mon plaisir de m'asseoir à table, dans la grande cuisine où j'avais passé les onze premières années de ma vie. Mon père aussi était content, je le voyais bien, et il tenait à rassembler ainsi sa famille deux ou trois fois dans l'année. Il se levait avant le jour pour aller chercher tous ses enfants qui étaient placés dans des fermes autour de Sarlat, à l'exception de Victorine, qui était restée à la maison pour aider Louise, comme c'était souvent le cas des aînées.

Nous nous retrouvions donc, mais, le temps passant, nous n'avions plus les mêmes jeux. Avec Marceline et Flavie, si nous allions nous promener à la fontaine, l'après-midi, après avoir aidé à la vaisselle, ce n'était plus pour attraper les « camortels », mais pour y jeter des épingles, comme c'était la coutume pour les jeunes filles qui désiraient trouver un amoureux. On prétendait que si ces épingles tombaient en croix sur le sable, la rencontre se ferait avant la fin de l'année. J'étais devenue tellement adroite à ce jeu que je n'y croyais plus. Je préférais faire envoler des coccinelles en soufflant sur leurs ailes et en disant :

« Moulinié, de cal cousta me maridaraï ? »

De quel côté je me marierais un jour, j'aurais bien voulu le savoir, car je rencontrais très peu de jeunes gens de mon âge et j'avais peur de ne pas trouver chaussure à mon pied. Marceline, elle, qui était placée dans une ferme à Marquay, avait, lors d'une veillée, fait la connaissance d'un Étienne qui allait plus tard devenir son mari. Certes, elle était plus âgée que moi, mais je l'enviais quand elle me racontait comment Étienne s'arrangeait pour s'asseoir à côté d'elle au moment du dénoisillage et comment, parfois, il buvait après elle au même verre pour connaître le goût de ses lèvres. Elle me racontait d'ailleurs bien d'autres secrets qu'elle avait percés, là-bas, à Marquay, et l'après-midi passait tellement vite que nous oubliions l'heure et que Victorine était obligée de venir nous chercher.

Car il fallait rentrer avant la nuit, et mon père avait une longue route à faire pour nous ramener. On passait d'abord par Marquay, puis l'on revenait vers Sarlat et, lorsque nous n'étions plus que deux, mon père et moi, il me disait enfin quelques mots, pour me donner du courage. J'en avais bien besoin. Car c'était difficile, après une journée qui passait aussi vite, de penser que je ne reverrai pas les miens avant plusieurs mois. Julie, qui me comprenait, me servait ces soirs-là dans sa cuisine un petit plat de cèpes et un quartier de confit d'oie qu'elle avait préparés exprès pour moi. C'était là sa manière de soigner les gens qu'elle aimait. Elle n'en connaissait pas d'autre, et il est vrai que bien manger peut guérir, parfois, des pires maux. Ou du moins consoler. Tout le monde sait cela par chez nous, et ce n'est pas moi qui prétendrais le contraire.

Je dois dire que plus le temps passait et plus Julie se rapprochait de moi, comme si elle avait voulu remplacer ma pauvre mère. Et ma mère j'y pensais souvent au fur et à mesure que je grandissais. J'avais réussi à trouver un petit portrait d'elle, qui était caché dans un tiroir de la chambre de mon père. C'était sans doute le seul qu'il possédait, mais il ne m'a jamais questionné à ce sujet. Je n'aurais pas été capable de lui mentir mais je l'aurais supplié de me le laisser et je suis sûre qu'il aurait accepté.

J'avais pris l'habitude de le regarder chaque soir avant de m'endormir. Elle était brune, comme beaucoup de Périgourdines, avec des cheveux légèrement bouclés, qui étaient séparés au milieu par une raie qui étirait son front vers le haut. Son nez, long et fin, descendait bien droit vers une bouche mince et un petit menton. Deux fossettes, à peine dessinées, lui donnaient l'impression de toujours sourire. Mais ce qui me frappait le plus, en la regardant, c'était cet air de fragilité qui flottait sur son visage, et qui était si différent de celui des femmes de la campagne. Je me disais chaque fois qu'il n'était pas étonnant qu'elle soit morte en me donnant le jour, et si je ne me sentais plus coupable comme lorsque j'étais petite, j'aurais donné dix ans de ma vie pour l'entendre m'appeler une fois, une seule fois, par le prénom qu'elle m'avait donné : Hélène. Mais non, j'étais Adeline, et je n'y pouvais rien changer. Dire que j'ai beaucoup souffert de ne pas l'avoir connue est peu dire. Et ce n'est pas faire reproche de quoi que ce soit à Louise, elle qui m'avait tout de suite considérée comme sa propre fille et aimée, j'en suis certaine, autant que les siennes. Mais on ne remplace jamais une mère. Ni Louise, ni Julie qui disait souvent que sa maison manquait d'enfants. Madeleine n'avait pas pu en avoir et elle, Julie, n'avait pas trouvé à se marier. Alors j'ai fini par devenir la fille de la famille. Même M. B..., qui était un homme chauve, à moustaches, beaucoup plus âgé que sa femme, toujours vêtu d'un costume noir très impressionnant et d'un col dur, se montrait aimable avec moi et, parfois, les soirs d'hiver, quand nous n'avions pas trop d'ouvrage, me donnait quelques leçons.

Les autres leçons, je les recevais de Madeleine et surtout

de Julie qui m'enseignait les secrets de la bonne cuisine. C'est avec elle que j'ai appris à faire la daube, la soupe de vermicelles, les pigeons aux petits pois, la tête de veau, le gigot aux couennes, les galettes de maïs (les millas) et de citrouilles (les rimottes). Julie ajoutait dans chaque plat, ou presque, une feuille de laurier, qui donne aux sauces, à mon avis, un parfum à nul autre pareil. Mais moi aussi, plus tard, j'ai eu mes secrets et j'ai aimé que les plats reviennent vides dans ma cuisine : je savais alors que j'avais bien travaillé.

Plus le temps passait et plus je prenais plaisir à sortir pour les courses, car j'avais maintenant moins peur du monde. Je m'aventurais jusqu'à la place de la République et même parfois jusqu'au Pontet. Comme tous les commerçants me connaissaient, je m'attardais quelques minutes à parler avec eux. Je me souviens surtout d'une modiste, Mlle D..., dont la boutique était pleine de chapeaux et de rubans qui me faisaient envie. Elle me permettait de les essayer et, parfois, quand il me manquait quelques sous, elle m'en faisait cadeau. Je me souviens aussi d'un vieux cordonnier, M.L..., qui travaillait sur un vieil établi à peine éclairé, sans jamais lever la tête de son ouvrage ; d'une Mme F..., épicière, dont le magasin, orienté vers la cathédrale, sentait si bon le café grillé ; d'autres encore, que je revois sans me souvenir de leur nom. Mais que c'est loin, tout ça ! Et que Sarlat a changé ! Les rares fois où je m'y rends aujourd'hui, je ne reconnais plus rien, ni les boutiques, ni les rues, ni les places où l'on dansait, avant guerre, à l'occasion des bals publics. C'est la vie, certes, mais tous ces morts qui encombrent ma mémoire, tous ces lieux que je ne reconnais pas me font penser que mon tour va venir d'aller rejoindre, auprès du bon Dieu, ceux qui sont partis avant moi, et qui me manquent tant.

Mon mari, surtout, que j'ai connu à cette époque-là, en 1911, précisément, c'est-à-dire à vingt-deux ans. Toutes les années qui avaient passé depuis mon arrivée à l'auberge s'étaient ressemblées. Celle-ci allait être la plus belle. Ou l'une des plus belles, tant il est vrai que les rencontres, à vingt ans, ont le pouvoir de transformer la vie. J'ai connu cette joie alors que je commençais à désespérer de trouver un garçon qui me plaise et avec qui j'aurais aimé avoir des enfants. Aucun, parmi ces équipes d'ouvriers qui prenaient pension, n'était resté assez longtemps pour faire mieux connaissance avec moi. Certains essayaient bien de me faire un brin de conversation mais j'étais trop timide pour me laisser si vite apprivoiser et d'ailleurs Madeleine veillait. Ils partaient au bout d'une semaine ou deux vers d'autres chantiers et je ne les revoyais pas. Et puis, au printemps de cette si belle année 1911, est arrivée un lundi une équipe de maçons composée de trois ouvriers et d'un contremaître. Parmi eux se trouvait un jeune homme que rien ne distinguait des autres, du moins tant que je l'ai vu de dos. Pas très grand, mince et brun, il attendait pour s'asseoir, ce midi-là, que Madeleine ait achevé de mettre la table.

Quand je suis arrivée, quelques minutes plus tard, la soupière dans les mains, son regard a croisé le mien et je crois bien que j'ai failli tout lâcher. Oh ! oui ! j'en ris aujourd'hui comme j'en ai ri chaque fois que j'ai raconté cette histoire aux miens, mais je sens encore la chaleur de la soupière dans mes mains, ce jour-là, et c'est tellement bon qu'il me semble avoir vingt-deux ans, comme alors. Mon Dieu ! Quels yeux il avait, cet homme ! Plus noirs que du charbon, mais pleins de lumière en même temps, et avec quelque chose de grave et de mystérieux. C'est bien simple, ce jour-là, dans la grande salle pleine de monde, je n'ai vu qu'eux. Il me semblait y lire une grande force et beaucoup de franchise. J'ai été tellement troublée que j'ai refusé de revenir servir dans la salle, car ils me faisaient aussi peur qu'ils m'attiraient. Ces choses-là ne s'expliquent pas et ne se décident pas. Mais je suis sûre que le bon Dieu, lui, sait ce qu'il fait en envoyant les êtres les uns vers les autres et je ne crois pas au hasard. Je crois, au contraire, profondément, que nos routes sont tracées par une main charitable et que c'est s'en éloigner qui nous rend malheureux. Pour ma part, j'ai toujours cherché à reconnaître, dans les détours de cette route, la ligne droite qui mène vers Lui, celle-là même qui passait par cet homme aux yeux noirs, en ce si beau printemps 1911.

Le lendemain, il a bien fallu que je revienne dans la salle, car Madeleine n'était pas contente. Mais ce n'a pas été sans peine et sans trembler. Chaque fois que j'y suis entrée, à partir de ce jour, j'ai senti ce regard sombre posé sur moi et je suis allée vers lui en me demandant si mes jambes allaient me porter. Étais-je bête ! Et c'est si bon d'en rire aujourd'hui, comme si rien n'avait changé, comme s'il était toujours là, près de moi, pour en rire, lui aussi, comme chaque fois que nous en avons parlé... Parfois je les revois, ces yeux, la nuit, et j'oublie que je suis seule, maintenant, et je voudrais qu'il n'y ait jamais plus de matin... Parfois aussi je l'entends prononcer les premiers mots qu'il m'a adressés, plus d'un mois après son arrivée, avec une voix qu'il m'a semblé avoir toujours connue :

— Arrêtez un peu de trotter ; vous allez être fatiguée avant l'âge et ce serait dommage.

Oui, je sais, on ne parle pas de ces choses-là, et ce n'est d'ailleurs pas dans mes habitudes. Enfin, du moins, ça ne l'était pas. Mais depuis quelques mois, j'ai besoin d'en parler comme si c'était le seul moyen de retenir tout ce temps qui s'enfuit de ma mémoire et qui, je le sens, je le sais, y retourne de plus en plus difficilement. Je me souviens que je n'étais même pas étonnée qu'il soit encore là, alors que son équipe était partie depuis longtemps. Lui, il revenait chaque soir et dormait dans l'une des chambres, pas très loin de la mienne. Rien de ses manigances n'échappait à Julie et à Madeleine, mais il me semblait qu'elles n'en étaient pas contrariées. Je crois bien qu'elles s'étaient déjà renseignées sur son compte et qu'elles avaient jugé qu'il ferait un bon parti pour moi. Sans doute même en avaient-elles parlé à mon père à l'occasion d'une de ses visites et il n'avait rien trouvé à redire.

Tout cela a duré plus d'un an. C'est le temps qu'il lui a fallu pour m'apprivoiser car j'étais farouche comme un cabri. Il est resté là en pension, même quand ses chantiers l'obligeaient à se lever bien avant le jour pour les rejoindre avec sa bicyclette. Parfois deux heures de trajet le matin et autant au retour. Pourtant, le soir, après le service, il m'attendait, assis à sa table et nous parlions un peu. Enfin, c'était plutôt lui qui parlait, parce que moi, il me faisait toujours aussi peur. J'avais été surprise d'apprendre qu'il avait vingt-huit ans, car il ne les faisait pas. J'avais également appris qu'il s'appelait Élie Signol, qu'il était né près de Sarlat, à Saint-Vincent-le-Paluel, et qu'il avait perdu très tôt son père et sa mère, qui étaient métayers. Il avait appris la maçonnerie chez l'un de ses oncles qui l'avait recueilli à l'âge de treize ans. Mais il avait travaillé la terre jusqu'à cet âge-là et n'en avait rien oublié. Il avait fait partie de la dernière classe à avoir fait trois ans de service militaire, celle de 1902. A sa démobilisation, il s'était engagé dans une entreprise et avait suivi les chantiers de village en village, dans tout le département. Aujourd'hui, après avoir mis quelques sous de côté, il voulait se marier et se fixer. Il n'a pourtant pas osé m'en parler lui-même. C'est Madeleine qui s'en est chargée, un matin, tandis que nous étions occupées à lessiver le plancher de la salle à manger :

— Il est honnête et travailleur, m'a-t-elle dit. Il t'a demandée à ton père. Est-ce qu'il te plaît, à toi ?

Ce n'était pas l'habitude, à l'époque, de demander l'avis des filles quand on leur trouvait un mari, du moins dans les campagnes. Mais Madeleine et Julie étaient un peu en avance sur leur temps. Pour moi, cet Élie me plaisait. Je lisais dans ses yeux que c'était un homme sur qui je pouvais compter. J'ai dit oui. Je ne l'ai jamais regretté, même si la vie, parfois, change les hommes, surtout lorsqu'ils souffrent ou qu'ils ne peuvent pas mener l'existence qu'ils auraient souhaitée.

Nous sommes allés chez mon père tous les deux un dimanche pour arrêter la date de nos noces qui auraient lieu, bien sûr, à Saint-Quentin. Nous les avons fixées au 10 juin, c'est-à-dire avant les gros travaux de l'été, un samedi. Il avait d'abord été question d'un lundi, puis d'un mercredi, mais mon père et Louise, en riant, nous avaient enseigné les proverbes du patois de chez nous qui disaient :

Lous que se marido un dilu, i tournaro pus
(Ceux qui se marient un lundi, n'y reviendront plus)

Un dimar, i tounaro maï
(Un mardi, y reviendront plusieurs fois)
Un dimecre, i trogo de estre
(Un mercredi, regrettent d'y être)
Un dijiou, lous que mando lois sous
(Un jeudi, ceux qui mendient leurs sous)
Un divendre, lous que poden pus ottendre
(Un vendredi, ceux qui ne peuvent plus attendre)
Lou dissates, lous sages
(Un samedi, les sages)

Que nous avons ri, ce jour-là, dans la grande cuisine où je revenais au bras de mon futur époux ! Et quelle joie c'était, pour moi, de savoir que je me marierais dans la petite église de Saint-Quentin où j'avais vécu de si beaux Noëls, et qu'ensuite nous reviendrions à la maison pour un grand banquet dans la grange où, bombance faite, nous pourrions danser toute la nuit ! Mais c'était seulement pour juin et nous étions au début de mars. Alors, le soir-même, nous sommes repartis car nous avions décidé de travailler jusqu'au dernier moment pour gagner le plus de sous possible. Que ces trois mois m'ont paru longs ! Et pourtant, en même temps, j'avais de la peine de devoir quitter Madeleine, Julie et leur maison où j'avais passé douze années de ma vie — nous devions en effet nous installer à Souillac, dans un petit logement près de l'église, du fait qu'Élie avait trouvé un emploi fixe là-bas.

Je leur serai en tout cas éternellement reconnaissante, à ces deux femmes, de m'avoir élevée comme leur propre fille et de m'avoir appris tant de choses. Aussi, chaque fois que je passe devant la maison qu'elles ont quittée depuis longtemps, je les revois toutes les deux, attentives à leurs pensionnaires, toujours bien mises et souriantes, et j'ai envie de pousser la porte derrière laquelle je sais, pourtant, que je ne reconnaîtrai plus rien. Plus de cinquante ans ont passé. Elles sont mortes depuis longtemps, mais j'ai du mal à me l'imaginer. J'aurais tant plaisir à les embrasser comme elles m'ont embrassée, ce jour bleu de juin où je les ai quittées, des larmes dans les yeux, avec l'impression de perdre ma famille pour la deuxième fois.

4

Comme nous l'avons réussi, notre mariage, entourés que nous étions par tous nos parents et amis ! En ce temps-là, la robe des mariées n'était pas blanche mais bleue, le plus souvent en drap de fin mérinos. Que j'étais fière de marcher au bras de mon père vers Saint-Quentin ! — la coutume voulait que la mariée soit conduite par le contre-novi (le garçon d'honneur), mais moi j'avais tenu à faire la route au bras de mon père. Devant nous marchaient deux chabretaïres avec leur instrument orné de rubans, derrière nous une quarantaine d'invités, car mon père avait tenu à faire « les choses bien », en mon honneur. Du côté d'Élie, les invités étaient moins nombreux, car il n'avait plus ses parents et sa famille s'était un peu dispersée. Jamais le chemin ne m'a paru si court ! Tout en marchant, je revoyais mon enfance, la pelouse où je gardais les moutons, les châtaigniers sous lesquels je m'étais tant courbée, les chemins forestiers qui partaient à droite et à gauche vers des clairières de feuillardiers, et chaque mètre que je parcourais me rapprochait, me semblait-il, de mon école où m'attendait ma chère institutrice.

J'avais très envie de me retourner vers Élie qui marchait

au bras de Flavie, ma sœur, la demoiselle d'honneur. Qu'il était beau dans son costume de velours noir, le seul qu'il ait jamais acheté dans sa vie ! Et avec son col dur donc, qui lui donnait l'air d'un monsieur à qui il n'aurait plus manqué que le cigare ! Moi qui ne l'avais jamais vu que dans ses vêtements de travail — pantalons et veste de toile bleus —, il m'intimidait.

Je me souviens de notre arrivée à Saint-Quentin, sur la place blanche de soleil, de notre entrée dans la mairie qui se trouvait juste derrière l'église, et des « Vive la mariée ! » lancés dès notre sortie par les jeunes qui avaient déjà bu du vin frais. Je me souviens aussi des cloches qui sonnaient comme la nuit de Noël, des fleurs des champs lancées sous le porche par les gens de Saint-Quentin et des mots gentils du curé qui me connaissait depuis toujours. Victorine m'avait recommandé de plier la deuxième phalange au moment de me laisser passer l'anneau au doigt. Je ne l'ai pas fait faute d'y penser, et Élie en a souri, car il savait que je ne songeais pas à mal et que l'indépendance que je manifestais ainsi pour l'avenir ne cachait pas de mauvaises intentions. Et ce retour, au bras de mon mari cette fois, dans la belle chaleur de juin, comment l'aurais-je oublié ? Les chabretaïres avaient été rejoints par deux violoneux de Saint-Quentin, et tout le monde, dans le cortège, criait, chantait, tandis que des fermes voisines, les gens étaient venus sur le bord de la route pour nous regarder passer.

Comme il faisait très chaud, les invités avaient commencé à boire beaucoup, sans attendre le repas, et la gaieté éclatait sur tous les visages. C'était plus qu'un repas, qui nous attendait, car la cuisinière que mon père était allé chercher à Proissans avait préparé un véritable festin. Je ne me souviens pas de tous les plats, mais je me souviens parfaitement de bouchées à la reine garnies de ris de veau dont je me suis régalée à plusieurs reprises. Ensuite, il y a eu l'épisode de la jarretière, mais en prévision j'avais découpé à l'avance un morceau de ruban que j'ai donné au contre-novi qui s'était agenouillé entre Élie et moi. Et puis ce furent les rires, les chants, les danses, les farandoles, et plus tard notre départ, à trois heures du matin, vers le pré dans lequel nous nous sommes couchés sur un lit d'herbe, enroulés seulement dans une couverture. Quelle merveilleuse cachette ! Les invités nous ont cherchés toute la nuit pour nous porter le tourain, comme c'était la coutume, mais ils ne nous ont pas trouvés.

Ah ! cette nuit de juin dans le parfum entêtant de l'herbe, les yeux dans les étoiles ! Je n'avais auparavant jamais pensé que la vie pouvait être aussi belle et que le monde entier pouvait m'appartenir. C'est vrai que j'avais des goûts simples et que je savais reconnaître le bonheur quand je le rencontrais. Et c'était bon de le savoir à portée de la main, dans un champ, dans un pré, sous les étoiles qui clignotaient, me semblait-il, par simple amitié pour nous.

Quand nous sommes rentrés, vers huit heures du matin, il y en avait qui nous cherchaient encore. C'est nous qui avons fait le tourain et qui le leur avons servi, le tout suivi par un chabrol qui a achevé de nous réveiller. A midi, nous avons mangé comme la veille au soir dans la grange qui avait été blanchie à la chaux pour l'occasion, et puis nous avons été obligés de faire nos adieux à la famille, car Élie prenait son travail le lendemain à Souillac. C'est mon père qui nous a emmenés, en charrette, vers notre nouvelle demeure, loin de Sarlat et de Saint-Quentin. Quand nous sommes passés devant le restaurant B..., j'ai eu envie de m'arrêter, mais qu'est-ce que j'y aurais gagné ? De la tristesse et pas autre chose. Ma vie était ailleurs, désormais, et je l'avais voulue ainsi ; je ne pouvais donc rien regretter.

Moi qui ne m'étais jamais éloignée de ma maison de plus de cinq kilomètres, j'allais découvrir une nouvelle ville, un logement meublé avec le strict nécessaire, puisque nous ne possédions rien : deux pièces situées dans la rue Orbe qui menait à l'église, et dans lesquelles j'allais trouver un lit, une table, deux chaises, un petit buffet et une cuisinière en fonte sur laquelle j'allais devoir apprendre à faire la cuisine. Qu'importe ! j'étais contente d'entrer « chez moi », avec le mari que j'avais choisi, et qui m'avait promis de me trouver du travail dans le restaurant T... situé au bord de la grand-route de Paris à Toulouse, qui était tenu par de lointains cousins à lui.

Ma nouvelle vie a commencé dès que mon père est reparti, juste avant la nuit, en m'embrassant comme s'il m'abandonnait pour la deuxième fois. Une vie faite de simplicité et de frugalité, mais une vie heureuse car nous étions en 1912 et aucune menace ne planait sur nous dans la mesure où nous avions un toit et de quoi manger. Élie partait le matin de bonne heure et j'en profitais pour faire mon ménage, puis je sortais pour les provisions. C'est comme ça que j'ai découvert la ville que j'ai tout de suite aimée, ma foi, car les gens y étaient avenants et les rues animées, comme à Sarlat. A onze heures, je me rendais au restaurant T... où je travaillais jusqu'au milieu de l'après-midi, service et vaisselle, et encore pas tous les jours, parce qu'ils avaient suffisamment de personnel.

Le soir, avant qu'Élie revienne, je me sentais parfois un peu seule, mais je n'ai pas tardé à faire la connaissance de ma voisine, Maria C..., qui allait m'être d'un grand secours dans les années qui allaient suivre. Le matin, j'avais plaisir à aller chercher l'eau sur la place du puits où je rencontrais des femmes avec qui je parlais, parfois, quand je n'étais pas trop pressée. J'aimais aussi beaucoup me rendre au marché, sous la halle, car je rencontrais là des gens de la terre, et en pensant aux miens, là-bas, à Saint-Quentin, je me sentais comme chez moi. Au restaurant, c'était plus difficile, parce que j'étais en surnombre et les femmes craignaient pour leur place, mais je m'en accommodais en faisant mon travail de mon mieux et sans rechigner aux tâches les plus pénibles.

Ainsi sont passés les premiers mois de cette nouvelle vie que je n'aurais échangée contre aucune autre si on me l'avait proposé. L'année 1912 allait se terminer quand j'ai compris que j'attendais un enfant. Que j'ai eu peur, mon Dieu ! Car je ne savais presque rien de la naissance des enfants dont on m'avait soigneusement tenue à l'écart, et je me demandais si je serais capable de le mettre au monde. Heureusement, Maria a su me rassurer en m'en parlant très simplement, comme on aurait dû le faire depuis longtemps. Mais ce qui m'inquiétait aussi, c'était la réaction d'Élie et je ne savais comment le lui dire. J'allais devoir arrêter de travailler et nous étions démunis de tout. Je me souviens que je lui ai annoncé la nouvelle avec beaucoup de précautions le soir de Noël, au retour de la messe de minuit où j'étais allée avec Maria.

— Je travaillerai un peu plus, m'a-t-il dit, et voilà tout.

Ne t'inquiète pas : tant que j'aurais deux bras, nous ne mourrons pas de faim.

Je le savais bien, certes, d'autant que nous savions nous contenter de peu, mais même si j'étais heureuse de cette grossesse, je ne pouvais pas m'empêcher, peut-être pour la première fois de ma vie, de redouter l'avenir.

J'ai pu travailler jusqu'à la mi-juin qui a suivi, et puis j'ai dû m'arrêter jusqu'au 9 août, date de la naissance de mon premier enfant. Maria m'avait trouvé une sage-femme, car il n'était pas question d'accoucher ailleurs que chez moi. J'avais très peur, comme je l'ai dit, mais tout s'est bien passé, même si ça a duré très longtemps. J'ai mis au monde mon premier fils sans que sa vie ni la mienne ne soient mises en danger, et je n'en demandais pas plus. Il était né quand Élie est rentré, le soir, car son patron n'avait pas pu lui donner sa journée. Comme nous étions heureux et fiers ! Et qu'il était beau, cet enfant, pas très gros, mais vigoureux, et qui nous ressemblait à tous les deux ! Nous l'avons appelé Clément, et je l'ai nourri au sein, bien sûr, comme mes autres enfants. C'est tellement mieux que ce que l'on voit aujourd'hui. Qu'est-ce qui peut remplacer le contact d'une mère pour les lèvres d'un enfant ? Rien, bien sûr, mais que n'invente-t-on pas de nos jours !

Maria m'a beaucoup aidée durant les jours qui ont suivi, car, à l'époque, on ne se levait pas vite après un accouchement. Elle me faisait les courses et m'apportait du bouillon de légumes. Élie rentrait à midi au lieu de manger sur le chantier. Il me tardait d'être sur pied. Je me suis levée au bout de dix jours et la vie a repris son cours normal, plus heureuse, sans doute, avec ce petit dans la maison qui ne se faisait jamais oublier.

Je me souviens très bien de cet été-là, car il m'a apporté les premières vacances de ma vie. Le dimanche, nous allions manger sur les rives de la Dordogne avec des amis d'Élie, leurs femmes et leurs enfants. Tandis que les hommes pêchaient dans les courants à la sortie du pont, nous discutions tout en nous occupant des petits. Il faisait un soleil de feu et nous restions assises à l'ombre des peupliers, un peu mal à l'aise de n'avoir rien à faire alors que nous étions habituées à travailler depuis notre enfance, même le dimanche. Le soir, nous mangions les poissons, des truites et des barbeaux que nos hommes ramenaient dans des paniers, et c'était autant d'économie pour la nourriture. Plus tard, j'ai été moins contente de voir Élie me ramener des poissons à partir du moment où, entraîné par l'un de ses amis maçons, il s'est mis à pêcher à la fouenne en plongeant dans les grands fonds. Maria m'avait dit que c'était très dangereux, et j'ai tremblé de le voir repartir, le soir, après le travail, durant les mois d'août et de septembre de cette année-là. Je l'attendais en priant le bon Dieu de me le garder en vie, guettant ses pas dans la rue, regardant l'heure jusqu'au moment où la nuit, enfin, me le rendait.

C'est presque avec plaisir que j'ai vu arriver l'hiver, même si je savais que nous n'avions qu'une cuisinière pour nous chauffer et qu'il nous faudrait économiser le bois. Heureusement, à partir de décembre, j'ai pu reprendre mon travail en emmenant mon garçon avec moi. Il m'attendait bien au chaud à côté des cuisines, sans que le bruit l'empêche de dormir. Puis un nouveau Noël est arrivé, et nous avons réveillonné avec nos voisins qui, eux aussi, avaient un enfant en bas âge. Pour le premier de l'an, malgré le froid, nous sommes allés chez moi, dans la grande maison. Ah ! ce premier de l'an 1914, comme il m'a semblé beau et chargé d'espérance ! C'était la première fois que je revenais dans ma famille avec mon fils. Tout le monde l'a gâté, embrassé, et il n'avait pas assez de sourires pour répondre à toutes ces têtes qu'il ne connaissait pas. J'ai pu à loisir me souvenir avec Marceline de nos folles équipées sur les chemins pour demander nos étrennes dans les fermes, et nous avons même chanté la « Guillonéou » à la fin du repas.

Nous sommes repartis dans l'après-midi, sur la charrette qu'Élie avait empruntée à son patron. Nous avions placé Clément entre nous, sur la banquette, pour le protéger du vent, et, une fois à Souillac, je me rappelle être restée seule une partie de la soirée, car Élie a dû ramener la charrette et le cheval dans la nuit et le froid. Mais, ce soir-là, j'étais heureuse quand même, et loin de penser à ce qui nous attendait six mois plus tard. D'ailleurs, je ne me souviens pas avoir craint quoi que ce soit pendant les premiers mois de cette année qui avait si bien commencé. Nous travaillions avec confiance, notre enfant profitait, nous ne manquions de rien. Comment aurions-nous pu imaginer un seul instant que le monde allait devenir fou ?

Je ne me suis doutée de rien, ou peu s'en faut, jusqu'au dernier moment. Je ne lisais pas les journaux et, au restaurant, je mettais les discussions passionnées des hommes sur le compte des verres qu'ils buvaient à cause de la chaleur. C'est seulement à partir du moment où j'ai vu Élie préoccupé que j'ai commencé à me douter de quelque chose de mauvais. C'est si loin tout ça, et pourtant je nous revois tous les deux attablés, face à face, ce mois de juillet-là, ne comprenant pas ce qui nous arrivait. Pauvre de nous ! Nous n'aurions jamais imaginé que nous étions aux portes de ce qui allait devenir la grande catastrophe de nos campagnes.

— Je leur ai donné trois ans de ma vie, me disait Élie quand il était bien fatigué. Ils vont quand même pas m'en prendre d'autres !

— Mais non, je répondais. A trente et un ans, tu ne partiras pas.

— C'est pas ce qu'on dit.

— Ne t'en fais pas. Il n'y aura pas de guerre. Le bon Dieu ne le voudra pas.

C'était un si bel été que cet été-là ! Qui aurait pensé que tant de femmes allaient pleurer ? Nous ne demandions qu'à vivre paisiblement de notre travail sans faire de mal à personne, et parce qu'un archiduc avait été assassiné, là-bas, en Serbie ou je ne sais où, si loin de nous, nous allions avoir la guerre. Jamais je n'ai détesté à ce point les puissants qui nous gouvernent ! Je priais le jour et la nuit, j'avais peur qu'on me prenne mon époux, mais surtout, surtout, j'étais en colère contre tous ces gens qui envoient les hommes se faire tuer sans qu'ils sachent pourquoi. J'ai supplié Élie de ne pas partir et de se cacher si le malheur tombait sur nous, mais il m'a regardée dans les yeux et m'a dit :

— Tu me vois me cacher ? Je ne l'ai jamais fait, même quand j'étais petit et que ça allait mal pour moi. C'est pas aujourd'hui que je vais commencer.

C'était, je crois, le samedi 1er août. La mobilisation générale avait été décrétée dans la journée. Le tocsin m'avait saisie d'effroi entre le restaurant et notre maison. Je me souviens que je tremblais, mon petit dans les bras, appuyée contre un arbre, incapable d'avancer. Un homme m'a aidée à marcher et je ne me suis jamais rappelé de qui il s'agissait. Le lendemain dimanche, les affiches étaient sur les murs. D'après son livret militaire, Élie devait rejoindre Châlons-sur-Marne dans les plus brefs délais. Il est parti le lundi, par le train de dix heures. Je n'ai jamais pu oublier cette séparation dont je devinais, sans doute, qu'elle nous ferait tant de mal. Moi je désirais l'accompagner jusqu'à la gare, mais lui ne le voulait pas.

— Ce sera encore plus difficile, me disait-il.

Mais j'étais bien incapable de l'entendre. Ah ! qu'il y a des heures difficiles à vivre parfois ! Il me semblait que s'il partait je ne le reverrais plus. Je lui ai parlé toute la nuit pour tenter de le retenir. Il avait préparé son sac dans l'après-midi : il détestait la guerre, mais il n'était pas du genre à rester à l'arrière. Il est parti, donc, ce lundi-là, et j'ai bien compris qu'il lui en coûtait au moins autant que moi, car je ne lui avais jamais vu ce regard malheureux. Nous nous sommes dit au revoir devant la maison et je me souviens qu'il m'a dit :

— Prends bien garde à toi ! Occupe-toi bien du petit et ne t'inquiète pas pour moi. Je serai de retour avant la Noël.

Je ne pourrai jamais dire combien il m'a été difficile de lâcher ses mains. J'ai senti depuis, quelquefois, la tiédeur de celles des mourants dans les miennes, et chaque fois j'ai pensé à ce jour d'été 1914, à Souillac, dans la rue Orbe. Et je n'ai pas pu l'écouter. Je l'ai suivi de loin, sans qu'il me voie, en me cachant comme une voleuse, avec mon fils dans les bras. La gare était assez loin de la maison. Des femmes accompagnaient leur mari qui partaient aussi. Et lui ne l'avait pas voulu. Il a dû me sentir dans son dos, car il s'est retourné plusieurs fois et je crois bien qu'il a hésité à revenir vers moi. Mais c'était un homme de fer et de feu, et il a continué sa route.

A la gare, je me suis cachée derrière le mur. J'ai envié ces femmes qui étaient sur le quai et qui pouvaient encore serrer contre elles leur mari. J'ai entendu des hommes crier, d'autres chanter, et puis le train est parti. Je suis rentrée lentement, la première, devançant les autres femmes sans me retourner. Plus j'avançais et plus je pleurais, mais je ne voulais pas qu'on me voie. Une fois à la maison, Maria est venue me tenir compagnie. Elle est restée jusqu'à la nuit, puis je me suis retrouvée seule. J'ai pris mon petit avec moi dans le lit et j'ai essayé de dormir car le lendemain il me fallait travailler. Voilà. C'était comme ça. Que je le veuille ou non. J'ai choisi de l'accepter, sans quoi je serais sans doute tombée malade, et je n'en avais pas le droit.

La vie a repris, ou ce qu'il en restait. Comme les rues étaient vides, tout à coup ! Il n'y avait plus qu'un seul homme au restaurant, le vieux Mathieu, et encore moins de clients. J'ai continué à travailler pourtant, du moins tant qu'on a voulu de moi. Et j'ai commencé à attendre les nouvelles de la guerre. Tout le monde disait qu'elle ne pouvait pas durer longtemps, que ce serait fini avant la fin de l'année. Et puis, dès le début, les journaux ont donné des nouvelles qui faisaient penser que la victoire était certaine. Très vite, cependant, les choses se sont gâtées. Comme je ne comprenais plus rien à ce qui se passait, je me suis mise à guetter le facteur. Élie se trouvait du côté de Verdun. Il ne se plaignait pas et, au contraire, se faisait du souci pour nous. Je ne gagnais que quelques sous au restaurant, mais je pouvais ramener chez moi un peu de nourriture. Comme j'avais l'habitude de vivre de peu, je ne me sentais pas privée de quoi que ce soit. Je m'inquiétais seulement de voir arriver l'hiver, non seulement pour Élie qui vivait dans les tranchées, mais aussi pour nous, car j'allais avoir du mal à payer le bois.

Décembre est arrivé, et avec lui les premières lettres annonçant les premiers morts. Chaque fois que le maire frappait à la porte d'une maison, la poitrine ceinte de son écharpe tricolore, la rumeur se répandait dans Souillac comme une traînée de poudre. Parfois une plainte de femme montait jusqu'à l'aigu et semblait ne jamais devoir retomber. Un après-midi, comme je revenais du restaurant, j'ai aperçu le maire, un gros homme à lunettes dont je ne me rappelle plus le nom, qui venait vers moi du bout de la rue Orbe et je me suis enfuie. Ce n'est qu'une heure plus tard que j'ai appris, près de la halle, qu'il s'était arrêté chez les G..., une maison située de l'autre côté de la route de Sarlat, dont je connaissais la femme pour l'avoir souvent croisée en allant travailler. Comment tout cela allait se terminer ? Et est-ce que seulement cela se terminerait un jour ?

La fin de l'année approchait et tout le monde avait compris que la nouvelle serait sans doute pire. Ce Noël-là, Victorine et Aline (qui était revenue dans notre maison pour aider Louise) sont venues le passer avec moi. Elles sont arrivées vers midi avec des paniers de victuailles, et sont reparties le lendemain dans la voiture d'un marchand de bestiaux que mon père connaissait bien. Je ne sais pas ce que j'aurais été capable de donner pour les retenir, mais elles m'ont dit que Louise était bien fatiguée, et je les ai laissées repartir en leur demandant de revenir souvent. Elles me l'ont promis, car elles étaient bonnes comme leur mère, mais elles savaient, comme moi, que cette visite serait sans lendemain.

Le 1er janvier, à quatre heures de l'après-midi, j'étais avec Maria, près de la cuisinière, et je raccommodais des chaussettes sous la lampe que j'avais déjà allumée, car il faisait un temps bas et le brouillard ne s'était pas levé. Et tout à coup cette lampe s'est éteinte et nous nous sommes retrouvées dans le noir. Une telle peur m'a prise que j'ai dit à Maria :

— Il est arrivé un malheur.

Elle m'a répondu en haussant les épaules.

— Que tu es bête ! Tu n'as plus d'huile, c'est tout.

Je me suis levée et j'ai vérifié le récipient : il y en avait suffisamment car la mèche trempait. Je l'ai dit à Maria qui a eu toutes les peines du monde à me rassurer. Cette vague noire qui avait déferlé sur nous, elle avait beau me dire tout ce qu'elle voulait, j'étais certaine que c'était celle du malheur. Si bien que je n'ai pas été vraiment surprise d'apprendre, dix jours plus tard, qu'Élie avait été blessé gravement par un éclat d'obus, près de Perthes-les-Hurlus, dans les Ardennes, au cours de l'après-midi du 1er janvier 1915.

Avant ce jour, je n'avais jamais cru aux signes et aux présages. Depuis, je crois que la force des esprits qui un jour n'ont fait qu'un peut les rapprocher quelle que soit la distance. Un souffle ne suffit-il pas pour éteindre une lampe ? J'ai d'ailleurs eu d'autres fois l'occasion de le vérifier avec mes enfants, quand ils étaient loin de moi. C'est avec des expériences comme celles-là que j'ai compris que nous ne faisons qu'un dans la main du bon Dieu. Et cette idée m'a toujours réchauffé le cœur.

Élie se trouvait à l'hôpital de Châlons. J'ai bien failli y aller, mais comment faire avec mon fils ? C'était loin et nous étions en hiver. La guerre rendait plus difficile encore les déplacements. Alors je suis restée et j'ai attendu, folle d'angoisse, incapable de dormir, comptant les heures qui s'écoulaient, les heures et les jours. Comme le temps m'a paru long jusqu'à la deuxième lettre qui a mis quinze jours à me parvenir ! Elle m'apprenait que la vie d'Élie n'était plus en danger mais qu'il ne pourrait sans doute plus se servir de sa main droite qui avait été déchiquetée. Je me suis demandé tout de suite comment nous allions vivre s'il ne pouvait plus travailler. Et puis j'ai oublié pour ne penser qu'au jour où il me reviendrait. Mais il s'est fait attendre, ce jour, jusqu'en avril ; au moment où je commençais à me demander si les lettres que je recevais disaient bien la vérité.

Quand je l'ai vu, à l'instant où il refermait la porte, je ne l'ai pas reconnu. Il portait son bras droit en écharpe, mais je n'y ai pas prêté attention tout de suite. Ce que j'ai remarqué d'abord, c'est que la lueur malicieuse et chaude qui brillait dans son regard s'était éteinte. C'était comme s'il ne me voyait pas. J'ai compris alors que la guerre l'avait blessé jusqu'à l'âme et qu'il ne serait plus jamais le même. J'ai essayé pendant quelques jours de le ramener vers moi, vers nous, j'ai tenté de le rejoindre dans cette terre lointaine où était restée une partie de son être, mais il ne répondait pas à mes questions et il me semblait que je n'existais plus pour lui. Que d'heures j'ai passé à me demander ce qu'il avait vécu de si terrible, là-bas, dans les Ardennes, et à essayer de le réconcilier avec la vie ! Il regardait à travers moi, puis il baissait la tête vers sa main et je sentais bien que quelque chose s'était dressé entre nous, quelque chose de laid et de désespéré, que nous n'avions jamais connu. Il fallait qu'il reparte pour être soigné de nouveau et se présenter devant une commission de réforme. Il ne repartait pas pour Châlons mais pour Bordeaux. J'ai passé les dernières heures avant son départ à le supplier :

— Dis-moi quelque chose ! Parle-moi !

Il ne pouvait pas. C'était comme si la guerre avait fait une brèche en lui, par où entraient les cauchemars qui le réveillaient la nuit et le hantaient même durant la journée, tandis qu'il se chauffait près de la cuisinière, les yeux mi-clos.

Il est donc reparti, et cette fois j'ai pu l'accompagner sur le quai de la gare, parce qu'il n'avait plus la force de s'opposer à quoi que ce soit. J'ai espéré jusqu'au bout qu'il allait me dire quelque chose, mais c'est tout juste s'il nous a embrassés, Clément et moi, et il est monté dans le wagon sans se retourner. De nouveau j'étais seule. C'est à ce moment-là que le restaurant a fermé ses portes, car il n'y avait plus de foires et les gens ne sortaient guère de chez eux. Alors j'ai dû aller me louer dans les fermes des alentours. Je laissais mon fils à Maria quand elle pouvait me le garder et j'allais à la journée pour gagner quelques sous ou ramener un peu de nourriture : du pain, des pommes de terre, de la farine. C'est depuis ce temps-là, je crois, que j'ai pris l'habitude de ne laisser rien perdre et de ramasser sur les chemins tout ce qui pouvait être utile : un morceau de ficelle, une boîte en carton, un clou, une épingle, la plus petite chose qu'il m'était impossible d'acheter. Oh ! je sais ! c'est un peu ridicule de raconter ça aujourd'hui, mais, à l'époque, pour moi, dans les épreuves que je traversais, ce ne l'était pas du tout et j'étais bien contente de rapporter tous ces menus trésors à la maison.

J'ai pensé un moment revenir chez moi, à Saint-Quentin, mais mon père et Louise avaient assez à faire avec leurs enfants et je n'ai pas osé le leur demander. D'autant qu'avec l'arrivée des beaux jours et l'absence des hommes, on manquait de bras dans les fermes. Clément avait presque trois ans. Je l'emmenais maintenant avec moi, parce que je savais qu'au moins il mangerait bien. En plus de la soupe, on lui donnait toujours un morceau de millassou ou une part de tarte qui lui remplissait le ventre et le faisait « profiter », comme on dit chez nous. Ce n'était pas pour moi une vie difficile, car j'avais l'habitude de travailler la terre depuis mon enfance. De plus, nous étions en été. Et puis je savais qu'Élie ne risquait plus sa vie. C'était une sorte de consolation à sa blessure qui, il fallait le souhaiter, ne devait pas guérir trop vite, sans quoi il repartirait. Une fois le danger passé, ma foi, nous aviserions. Il serait toujours temps de penser à trouver un autre travail.

En rentrant, un soir, Marceline et son mari m'attendaient pour m'apprendre la terrible nouvelle de la mort de mon père. Je n'en parlerai pas beaucoup ; je n'en ai jamais trouvé la force. Car je l'aimais trop cet homme, et c'est comme si, pour me protéger, ma mémoire n'avait pas voulu en conserver les véritables traces. Depuis quelques mois, la grêle tombait si dru sur mon dos, que ce jour-là j'ai seulement eu la force de murmurer avant de m'asseoir, les jambes coupées : « Mon Dieu, donne-moi la main. » Je ne me souviens pas du voyage à Saint-Quentin mais seulement du visage calme de mon père dans sa chambre où j'étais entrée si peu souvent ; de la grande pendule arrêtée, du drap sur ses ruches que j'avais aperçues en arrivant, et de « lous plans » (le glas), dans la nuit qui tombait. J'avais perdu la parole et j'étais incapable de m'occuper de mon fils.

J'ai passé la nuit à veiller en compagnie des voisins, me demandant pourquoi s'étaient fermés ces yeux qui avaient su si bien sourire quand je lui avais demandé d'aller à l'école. Et je sentais sur mes joues son souffle chaud quand il me prenait dans ses bras pour me faire regarder la lune. Mon Dieu ! Cet homme ! Il me quittait au moment où j'avais le plus besoin de lui et je me retrouvais seule, toute petite et si fragile. Cette nuit-là comment aurais-je pu trouver le sommeil ? Je suis restée près de lui, lui tenant la main, écoutant Louise raconter pour la dixième fois comment on l'avait trouvé dans le champ de la croix, ses grands yeux tournés vers le ciel, parti loin, et pour toujours. Il était mort d'une attaque. C'était fréquent dans nos campagnes, où les congestions cérébrales emportaient souvent ceux qui mangeaient beaucoup et ne buvaient pas moins. J'avais au moins la consolation de penser qu'il n'avait pas souffert et que, sans doute, il ne s'était pas senti mourir.

Au matin de cette nuit terrible, épuisée, je suis tombée dès que je me suis levée de ma chaise. Mes frères m'ont emmenée dans une chambre où j'ai dormi jusqu'au soir. Puis il y a eu une nouvelle nuit de veille et, le lendemain, nous l'avons porté en terre dans le petit cimetière de Saint-Quentin, à l'endroit où sont enterrés tous les miens, pas très loin de l'église et de l'école où, grâce à lui, j'avais été si heureuse. Que d'amis, de parents venus l'accompagner j'ai revus, cet après-midi-là ! Je me suis aperçue alors combien tous l'aimaient et cela m'a aidée. Je n'ai pas voulu le voir descendre dans la terre. Pour moi, il demeurait vivant quelque part, tout près de moi, et il l'est resté. Le soir même, Marceline et son mari nous ont ramenés à Souillac. Élie, qui avait pu obtenir une permission, a pris un train de nuit et je me suis retrouvée seule, encore plus seule que je ne l'avais jamais été. C'est alors que j'ai commencé à parler à mon père, la nuit, car dès que je fermais les yeux, je le revoyais accroupi devant moi, le jour où il m'avait conduite à Sarlat et qu'il me disait :

— Il m'en coûte, petite, tu sais, il m'en coûte autant que toi.

Qui n'a jamais entendu ces mots de la bouche d'un père ou d'une mère ne saura jamais quelle force ils peuvent donner à une enfant. Des nuits entières, à cette époque-là, je l'ai supplié de se relever, mais il ne m'entendait pas. J'aurais tellement voulu lui dire avant qu'il disparaisse tout ce qu'il avait été pour moi. Je sais aujourd'hui qu'on ne dit jamais assez tôt les mots qui consoleraient ceux qu'on aime. Je me plais à penser que le bon Dieu les dit pour nous, puisque c'est lui qui nous les souffle sur cette terre où nous sommes si seuls quelquefois.

J'ai cru mourir, cet automne-là, et je suis encore là. Sans doute parce que le meilleur de nos forces vient de notre esprit et non pas de notre corps. Sans doute aussi parce que quelqu'un veillait, celui à qui je disais, m'agenouillant chaque soir au bord de mon lit :

— Tout ce que tu m'as envoyé je l'accepte, puisque tu l'as voulu. Mais accorde-moi, s'il te plaît, d'aimer assez fort ceux qui me restent.

J'ai repris le travail le surlendemain, dès que j'ai pu me

tenir debout. C'est mon père qui m'a pris la main ce matin-là et qui m'a dit :

— Pitioune, lève-toi, c'est l'heure.

Et je l'ai écouté. La vie a recommencé. J'avais froid. J'avais toujours froid. Je lui parlais. Les femmes qui travaillaient à côté de moi croyaient que je devenais folle, et moi aussi, parfois, mais il y avait mon fils, dont la seule présence me ramenait vers le chemin de tous les jours, celui que je suivais, les yeux mi-clos, en essayant de chanter doucement, quelquefois, pour me rassurer.

Heureusement, Élie est revenu en octobre pour huit jours. Il parlait davantage mais il avait de temps en temps des mouvements d'humeur d'une violence que je ne lui connaissais pas. A cette époque, il était déjà certain de ne pas retrouver l'usage normal de sa main. L'idée de ne pas pouvoir travailler le rendait comme fou. Maigre consolation : il allait toucher une pension dès qu'il serait passé devant la commission de réforme.

— Tu vois, je lui disais, on ne mourra jamais de faim.

— Peut-être, me répondait-il, mais si je ne peux plus travailler, je crois que...

Il n'achevait jamais, mais quelle peur il me faisait ! Il fallait le voir tourner dans la cuisine avec sa main bandée et ses yeux noirs qui jetaient sur moi des regards désespérés ! Je craignais qu'il fasse une bêtise, ou qu'il se mette à boire, lui qui n'avait jamais eu ce travers, ou que sais-je encore ? Je garde de ces huit jours le même souvenir pénible que de sa précédente permission, un souvenir mêlé de joie, pourtant, à l'idée de ne pas l'avoir perdu alors que tant d'hommes de son âge étaient morts. Car j'étais maintenant certaine qu'il ne repartirait pas au front et j'acceptais le prix qu'il fallait payer en remerciant Dieu de me l'avoir rendu vivant.

C'est, je crois, à la fin du mois de novembre, que j'ai compris que j'étais enceinte pour la deuxième fois. Je n'ai pas voulu considérer cela comme une épreuve mais comme un bonheur. C'était le seul moyen de trouver le courage de partir chaque matin travailler. Comme il n'y avait plus rien à faire dans les champs, j'avais trouvé des ménages et des lessives. Qui ne connaît pas la douleur de l'eau glacée sur les mains, en hiver, ne connaît rien du vrai travail. Je ne m'en plains pas, au contraire. C'était déjà bien de pouvoir manger et se chauffer une fois chez soi. Il faut passer par là pour pouvoir apprécier le prix des choses. Je sais bien que je ne devrais pas dire des choses comme ça, mais quand je vois la jeunesse d'aujourd'hui, il me semble que ce n'est pas l'aider que de lui rendre la vie si facile. Non que je ne me réjouisse pas des conditions dans lesquelles vivent mes petits-enfants, mais je crois qu'il n'y a qu'une école de la volonté : celle des difficultés qu'il faut vaincre. Enfin ! C'est ainsi !

Quelquefois il m'arrive de me dire que j'ai apporté ma pierre dans l'édifice en construction de notre famille et que si mes petits-enfants peuvent aujourd'hui étudier dans les grandes écoles, c'est un peu, aussi, grâce à moi. Non par mauvais orgueil ; je n'en ai jamais eu. Mais par plaisir de savoir qu'à travers eux, grâce au sang qui coule dans leurs veines, c'est un peu moi qui suis devenue savante. Suis-je bête, quand même ! Ma foi, que voulez-vous, cette idée me fait du bien et, vous voyez, me fait même venir des larmes dans les yeux...

En fait de larmes, à l'époque, je n'en avais guère,

occupée que j'étais à nous faire vivre, mon fils et moi. Pourtant, une éclaircie est enfin arrivée au milieu des nuages qui s'étaient accumulés au-dessus de ma tête. Élie a été démobilisé au début de janvier 1916. Il était sauvé, et j'étais bien décidée à ne penser qu'à cela. Il est rentré un soir, souriant, mais la main toujours bandée. Je n'ai pas pu lui cacher que j'étais enceinte, et du reste, je n'en avais pas l'intention. Il n'a pas prononcé un mot de reproche, au contraire :

— Je travaillerai, m'a-t-il dit ; je ne sais pas comment, mais je travaillerai.

Tout s'est bien passé pendant quelques jours, d'autant plus que nous avons commencé à toucher sa pension. Puis, au fil des semaines, je l'ai vu se fermer de nouveau. Il passait son temps à enlever le pansement de sa main et à s'y attacher des outils avec de la ficelle. Parfois, il s'exerçait à tenir sa truelle avec sa main gauche, mais ça finissait toujours par des cris de colère. Dans ces moments-là, moi, j'essayais de le raisonner :

— Rien ne presse, puisque nous touchons des sous.

La première fois, il ne m'a pas répondu. Il s'est contenté de lever sur moi son regard si noir que je suis sortie. Peu après, comme je lui reparlais de sa pension, il m'a dit :

— Ce sont des sous d'aumône, ça ; ce ne sont pas des sous de travail.

J'ai compris alors qu'il avait honte d'être payé sans travailler, car il avait toujours été habitué, comme tant de gens, à l'époque, à ne vivre que du pain qu'il gagnait. Que pouvais-je faire, mon Dieu ? Je partais en emmenant mon fils, parce que je savais que ça se terminerait par des colères folles qui le faisaient se cogner la tête contre les murs.

Il n'osait même pas, dans l'état où il était, aller trouver

son ancien patron, M. Duval, qui dirigeait l'entreprise de travaux publics « Pellerin, Ballot et Duval » à Sarlat. Quand il était calme, je l'y encourageais, mais avec précaution. Et chaque fois il regardait sa main, puis il me regardait, moi, et poussait un grand soupir. Un jour de semaine, pourtant, j'ai réussi à le décider à aller à Saint-Quentin pour voir les miens, car je savais qu'on passerait devant le siège de l'entreprise. S'il n'a pas voulu s'arrêter à l'aller, il a accepté au retour, ayant compris que ma journée près des miens aurait été gâchée. Il n'y avait pas de travail pour lui dans l'immédiat, mais M. Duval pensait ouvrir un grand chantier à Bordeaux à la fin de l'année et il aurait alors besoin d'un contremaître. Il voulait bien l'engager, mais nous devrions partir. Nous étions sauvés ! du moins je l'ai cru. Mais il fallait attendre huit mois, et vivre en espérant que M. Duval tiendrait parole.

Élie a alors essayé de faire des menus travaux d'entretien dans les maisons où il n'y avait pas d'homme. Mais il n'y arrivait pas, ou mal, et de plus, il avait un peu honte, je crois, d'être là alors que d'autres risquaient leur vie. Il avait payé assez cher, pourtant, mais c'était un homme comme ça : il était encore plus dur avec lui qu'avec les autres. Alors il a arrêté de travailler et s'est occupé de la maison car ma grossesse devenait difficile. J'ai continué à faire les courses tant que je l'ai pu, car il ne voulait pas sortir. Mais de rester enfermé, c'était pire. Je passais mon temps à lui parler pour le calmer, mais je me demandais toujours s'il n'allait pas finir par se mettre à boire ou à se faire du mal.

Le 24 juin, j'ai donné le jour à mon deuxième fils : Baptiste, qui avait Constant comme deuxième prénom. C'est d'ailleurs celui-là que nous avons préféré au premier au bout de quelques mois. Voilà pourquoi aujourd'hui tout le monde l'appelle Constant. Comme nous avions assez de travail à la maison, Élie, qui était occupé, est devenu moins violent. Quant à moi, je ne pensais qu'à une seule chose : que septembre arrive vite, et même s'il fallait quitter le Périgord, que M. Duval tienne parole. Jamais les jours ne m'ont paru passer si peu vite, cet été-là ! Enfin ! Tout passe. Les larmes comme le rire, la joie comme la peine. Début septembre, Élie a été appelé à Sarlat et je l'ai vu enfin rentrer chez nous avec le sourire : il était engagé comme contremaître pour surveiller les ouvriers sur le chantier que l'entreprise de M. Duval allait entreprendre dans le quartier de Bacalan, à Bordeaux, et ces travaux devaient durer deux ans. Nous n'avons pas hésité une seconde. Moi, je serais partie au bout du monde pour ne plus le voir souffrir comme je l'avais vu. J'avais peur, pourtant, peur de l'inconnu, des dangers, de ne pas pouvoir m'habituer, mais je préférais cette peur à tout ce que j'avais vécu depuis neuf mois.

Nous sommes donc partis début octobre pour cette grande ville inconnue, laissant derrière nous nos familles, nos villages, nos bois, nos chemins, Sarlat, Souillac, ce coin de Périgord que je n'avais jamais quitté et qui allait tant me manquer durant les années qui allaient suivre. Dire que ce changement de vie a été facile, non, certainement pas, mais nous n'avions pas d'autres solutions que d'aller où le travail nous commandait d'aller. Bien heureux, encore, que nous étions d'en avoir trouvé et de pouvoir oublier la guerre qui, autour de nous, continuait d'apporter le malheur dans les familles.

5

Ce déménagement a été pour moi l'occasion de prendre le train pour la première fois. Car si j'avais accompagné Élie à la gare de Souillac, je n'avais pas eu l'occasion de monter dans ces wagons de troisième classe qui sentaient le charbon, la fumée, la sueur, la cendre froide et le pain rassis. J'avais un peu d'appréhension, mais elle a passé très vite en constatant le calme des voyageurs, et celui d'Élie qui était assis face à moi, et qui, par moments, me souriait. Me trouvant près d'une vitre, je n'avais pas assez d'yeux pour faire provision de tous les paysages qui défilaient, me semblait-il, à une vitesse qui ne pouvait nous mener que vers une catastrophe. Puis, comme j'ai eu le cœur soulevé au passage d'un pont, je me suis contentée de regarder à l'intérieur. Clément était assis sagement à côté d'Élie, quant à Constant, il dormait dans un panier posé sur mes genoux. Que ce trajet m'a paru long ! Il me semblait que nous étions perdus, mais personne ne paraissait inquiet dans le compartiment, si bien que j'attendais patiemment, me demandant comment j'allais pouvoir donner le sein à mon fils, s'il réclamait avant notre arrivée. Heureusement, ça n'a pas été le cas. Nous sommes entrés en gare de Bordeaux au milieu de l'après-midi. Il faisait froid, déjà, et le hall de la gare Saint-Jean était balayé par des rafales d'un vent glacé qui ne laissait rien augurer de bon pour les jours à venir.

Je n'avais jamais vu de grande ville. Aussi, dès que nous sommes sortis de la gare, dans un fiacre qu'Élie avait trouvé à grand-peine, j'ai compris que j'étais entrée dans un monde bien différent de celui que je connaissais. Les rues étaient encombrées de charrettes, de voitures, de cabriolets, de breaks, d'hommes et de femmes beaucoup mieux vêtus qu'à la campagne, et qui semblaient pressés. Il régnait là un bruit et une agitation qui m'ont semblé tout de suite bien difficiles à supporter. Tandis que nous roulions sur les quais qui longeaient le port où étaient ancrés de magnifiques bateaux, je sentais l'angoisse monter en moi mais je me gardais bien de le montrer à Élie. Tout était grand, dans cette ville : les boulevards, les voiliers, les maisons, les places, les ponts, et moi je me sentais devenir toute petite au fur et à mesure que je la découvrais.

Nous allions tout au bout de la ville, bien après les Chartrons, qu'Élie m'a montrés sur notre gauche, en m'expliquant que c'était là que l'on stockait le vin. Je n'avais qu'une hâte : arriver chez nous et recréer un petit univers où je pourrais être heureuse avec mes enfants. Élie m'avait dit que nous n'aurions pas de maison en pierre mais une maison en bois. Quand j'ai compris qu'il s'agissait d'une baraque en planches, il a fallu que je serre les dents pour ne rien laisser voir de ma déception. Ces baraquements Adrian étaient en fait des assemblages de planches au plancher légèrement surélevé et couverts de tôles goudronnées. J'ai aidé Élie à porter notre malle, j'ai vite refermé la porte derrière moi et j'ai allumé la bougie : au fond, un fourneau, au milieu une table et trois chaises, à l'autre extrémité trois lits sur lesquels étaient posées des paillasses. Tout notre monde. Comment ai-je trouvé la force de sourire, je ne saurais le dire. Peut-être parce que j'avais eu le temps d'apercevoir, avant d'entrer, le pré qui se trouvait derrière les baraques et, au milieu de ce pré, deux vaches qui me regardaient. A cette époque, en effet, Bacalan, se trouvait à l'extrémité de Bordeaux, sur les rives de la Garonne. Les ouvriers de l'entreprise devaient aménager un chantier de construction de locomotives pour la Compagnie du Midi. Une dizaines de ces baraques, qui appartenaient à l'entreprise, étaient destinées à loger les ouvriers qui venaient eux aussi de loin, pour la plupart. J'allais découvrir les jours suivants que beaucoup étaient étrangers : Italiens, Espagnols, Russes, Polonais, et qu'ils étaient plutôt âgés, les hommes valides étant tous à la guerre.

Ce premier soir, nous avons mangé du pain et bu de l'eau. Avant de me coucher, j'ai remercié le bon Dieu d'avoir entendu mes prières et de nous avoir donné du travail et un toit. Dès le lendemain, j'ai aménagé de mon mieux notre logement et je l'ai parfumé à l'eau de Cologne. C'était assez pour me sentir heureuse, même si j'étais obligée de faire ma toilette à l'un des deux robinets qui alimentaient le chantier. Quelques jours plus tard, les ouvriers sont arrivés. Ils étaient tous plus pauvres que nous. On voyait bien qu'ils étaient habitués à vivre à la dure et qu'ils étaient venus là dans un seul but : travailler. Et le travail ne leur faisait pas peur, du lever du jour jusqu'à ce que la nuit tombe.

Au bout d'une semaine, j'ai commencé à sortir un peu,

d'abord avec mes enfants, dans la rue, et puis sur les quais où nous regardions les bateaux sans jamais nous lasser. Que de rêves de voyages j'ai faits, ce mois d'octobre-là ! Mais je me gardais bien d'en parler à Élie, qui aurait deviné que je me languissais. Puis nous nous sommes aventurés un peu plus loin, vers le centre ville, mais pas trop loin quand même, parce que j'avais peur de me perdre. Élie, quant à lui, avait retrouvé son sourire. Quand il rentrait, le soir, il était fatigué mais ses yeux me disaient que l'avenir ne lui faisait plus peur. Qu'est-ce que je pouvais espérer de mieux ?

Il me semblait parfois qu'il avait oublié la guerre. Sauf la nuit. Il criait souvent dans son sommeil, s'asseyait dans le lit et je devais lui parler doucement pour l'apaiser. Il mettait longtemps à se rendormir et je me demandais quelles horreurs il avait vécues, là bas, dans les Ardennes, pour en être hanté de la sorte. Il n'a jamais voulu m'en parler. D'ailleurs il parlait peu et c'était peut-être mieux ainsi.

Très rapidement s'est posé pour les ouvriers le problème de la nourriture, car ils n'étaient pas contents de ce que l'entreprise leur donnait. Comme j'avais travaillé dans une auberge et que je savais m'y prendre, Élie a alors proposé à son patron de m'embaucher pour leur faire la cuisine. M. Duval a accepté tout de suite et je me suis mise au travail dès le lendemain. En plus de la surveillance du chantier, Élie a été chargé du ravitaillement qui était nécessaire pour nourrir tout ce monde. Il a pris l'habitude de se lever à quatre heures du matin pour aller sur les marchés, à Mériadeck ou aux Capucins, et me ramener les victuailles sur une charrette tirée par un cheval acheté par l'entreprise. On a monté un baraquement rien que pour moi, dans lequel j'ai pu faire la cuisine et dresser les tables à ma guise. Vingt hommes devaient manger matin, midi, et soir. Pensez si j'avais le temps de rêver ! Élie pas davantage. Mais c'était ce que nous voulions et nous n'aurions pas songé à nous en plaindre.

Avec nos salaires et la pension d'Élie, et comme de surcroît nous étions nourris, au bout de quelques mois nous avons commencé à nous sentir riches. Riches, ça voulait dire ne pas manquer de pain et pouvoir acheter les vêtements et les ustensiles que nous n'avions jamais pu acquérir jusqu'à ce jour. C'est aussi à cette période de notre vie que nous avons commencé à économiser sou à sou, ce qui nous a permis d'amasser un petit pécule qui nous a été bien utile le moment venu. Depuis ce temps-là, je crois que c'est lorsque tout va mal, que tout est noir, que l'horizon semble bouché pour toujours, que le bon Dieu pose son regard sur nous. Ce regard-là, en cette fin d'année 1916, je l'ai vu tous les soirs devant moi, calme et doux, avant de m'endormir.

Ce n'était pourtant pas facile, car j'étais la seule femme au milieu de tous ces hommes, et certains cherchaient à me troubler. L'expérience que j'avais acquise à Sarlat m'a été très profitable, alors, de même que les conseils de Madeleine et de Julie. Je gardais mes distances et ne répondais pas, sauf lorsque je sentais qu'ils n'avaient pas de mauvaises intentions. Mais il y avait des incidents, souvent, des vols ou des bagarres, et le patron appelait les gendarmes. Je n'étais pas très rassurée, mais il me semblait que le fait de leur donner à manger nous protégeait, Élie et moi, d'un geste fou ou d'une vengeance. Et j'étais heureuse d'avoir à ma disposition tant de victuailles, malgré la guerre, ce qui me rappelait l'auberge B... et la cuisine de Julie. Élie me ramenait des haricots blancs, des pommes de terre, des salsifis que je faisais cuire avec du lard ou de la viande de bœuf, parfois de mouton. J'avais l'impression qu'il ne pouvait rien nous arriver de grave et que nos enfants, comme nous-mêmes, ne manqueraient plus jamais de rien.

Notre vie était ainsi organisée que nous n'avions pas beaucoup de temps de libre. Parfois, pourtant, le dimanche, Élie attelait le cheval et nous partions vers le centre de la ville, la rue Sainte-Catherine, Mériadeck ou ailleurs, et j'avais un peu honte de me sentir en vacances, comme à Souillac, les après-midi d'été, sur les rives de la Dordogne. Parfois aussi nous partions vers la campagne, le long de la Garonne, et nous nous arrêtions dans un pré ou au bord d'une vigne pour la collation de quatre heures. Face à nous, les collines de Lormont et de Bassens me faisaient penser à mes chères collines du Périgord, mais je ne montrais rien dc ma mélancolie. Quelquefois aussi, nous allions à pied vers l'csplanade des Quinconces et nous nous promenions entre les baraques foraines en achetant pour un sou de sucrerie au marchand ambulant. Que j'étais contente de voir Clément saliver de plaisir ! Je me revoyais enfant, à Saint-Quentin, au même âge, au retour de la messe de minuit, et je mesurais le chemin que j'avais parcouru, moi qui avais toujours pensé rester là-bas, parmi mes châtaigniers et mes chemins qui sentaient si bon les fougères et la mousse. C'était l'un des seuls regrets que j'avais : ne plus voir les miens, ou du moins, ne plus les sentir proches.

Mais le temps a passé et ne m'a pas rapprochée du Périgord, au contraire. Tout était tellement différent dans cette grande ville que je m'en sentais loin, très loin. Surtout quand je sortais de ma cuisine et que, sans même le vouloir, mon regard rencontrait les bateaux que les hommes déchargeaient, échelonnés le long des passerelles comme une colonne de fourmis. Malgré la guerre, les quais étaient couverts de marchandises qui, faute de bras, sans doute, s'accumulaient sous de grandes bâches que le vent, parfois, faisait s'envoler. Ce port était une source d'émerveillement et de surprises. Je me souviens très bien de l'arrivée des Américains, en 1917, des soldats et des armes qui sortaient du ventre des grands navires. Comme ils étaient jeunes, mon Dieu ! Et beaux aussi, avec leurs larges chapeaux, leurs uniformes qui semblaient taillés sur mesure, et leur allure de grands enfants. A l'idée que la plupart d'entre eux allait mourir, je revivais la même peur qu'au début de la guerre, quand Élie était parti. On entendait dire qu'avec leur arrivée, la victoire était proche. Moi, je n'y croyais pas trop, mais je faisais semblant. Le ciel, alors, me paraissait plus bleu et les ouvriers qui entraient dans ma cuisine plus souriants. Je me suis toujours efforcée de croire ce que je souhaitais. C'est dans la vie le seul moyen d'apercevoir le soleil à travers les nuages.

Clément, qui était âgé de quatre ans, ne cessait de s'enfuir sur les quais. J'avais peur qu'il lui arrive un accident depuis que je l'avais trouvé en haut d'une charrette chargée de boîtes de sucre dont la plupart étaient crevées. C'était la distraction favorite de tous les drôles [1] de Bacalan : escalader les victuailles entreposées pour essayer de récupérer quelques menus trésors. Et un morceau de sucre,

1. Patois périgourdin : les enfants.

pensez ! c'était un vrai trésor ! Mais comment faire comprendre à un enfant de quatre ans qu'il ne devait pas prendre ce qui ne lui appartenait pas ? Chaque fois que je le laissais s'échapper, j'avais peur de le voir revenir entre deux gendarmes ou avec un bras cassé. Dieu merci ! Nous avons échappé à ce genre de misère. Les jours ont continué de couler et je garde finalement de cette époque le souvenir d'une confiance retrouvée.

Le 11 novembre 1918, quand les cloches des églises se sont mises à sonner et que j'ai entendu annoncer la nouvelle de la fin de la guerre, je n'ai pas osé y croire. Il a fallu qu'Élie lui-même me dise :

— C'est vrai. C'est fini : l'armistice est signé.

Je me trouvais devant mes fourneaux, m'essuyant les mains à mon tablier, et nous restions debout, face à face, songeant l'un et l'autre à ces jours terribles de 1915 et 1916. Ses mains tremblaient et ses yeux brillaient étrangement. Alors il a fait le geste que j'espérais : celui de me prendre dans ses bras et de me serrer fort, si fort, que j'ai eu l'impression qu'il avait enfin oublié sa blessure, et que tout ce qu'il avait vécu, là-bas, dans le Nord, n'avait plus d'importance. Je me trompais, hélas, car la guerre avait vraiment ébréché l'acier brut dont il était bâti, mais il savait tellement bien garder les choses pour lui que je m'y suis laissé prendre. D'ailleurs je n'avais envie que d'être heureuse, ce jour-là. Nous sommes allés nous promener en ville où il y avait des musiques militaires et des gens qui dansaient. L'esplanade des Quinconces était noire de monde. Les Bordelais, pour la plupart, s'embrassaient, discutaient avec de grands gestes, eux d'ordinaire si réservés, et il me semblait être la seule à voir ces femmes qui pleuraient des maris qui ne reviendraient pas. Alors nous sommes rentrés, lentement, en silence, et c'est à ce moment-là que j'ai compris vraiment qu'il y a des blessures qui ne se referment jamais.

Un mois plus tard, le chantier de Bacalan a été achevé. Je ne m'étais pas rendu compte que les travaux arrivaient à leur terme et Élie ne m'en avait rien dit. Il est rentré un soir de la mi-décembre avec cet air dur que je connaissais si bien et que je redoutais.

— Il va nous falloir partir, m'a-t-il dit en s'asseyant. Ici, c'est terminé.

Je le revois, assis en face de moi, préoccupé, n'osant prononcer les mots terribles auxquels, pourtant, je m'attendais :

— Il y a du travail pour nous deux, mais c'est loin.

— Où donc ? ai-je demandé, n'imaginant pas du tout ce qu'il allait m'annoncer.

— Dans les Ardennes, pour la reconstruction d'un tunnel.

Les Ardennes ! La guerre ! Comme je ne répondais pas, pétrifiée que j'étais sur ma chaise à l'idée de partir si loin, il a ajouté :

— Nous n'aurons qu'une baraque comme celle d'ici. Ça durera longtemps. Tout est à reconstruire là-haut.

Que répondre à cela ? Ce n'était pas le fait d'habiter de nouveau dans une baraque en planches qui me désolait le plus — car ces baraques Adrian étaient solides et on y avait assez chaud l'hiver —, mais c'était de m'éloigner davantage encore du Périgord, et peut-être définitivement. Je me souviens lui avoir demandé si on reviendrait un jour chez nous et des longues secondes qu'il a mis à me répondre.

— Non, a-t-il dit ; sans doute pas.

Il aurait pu m'annoncer pire que, malgré tout, j'avais choisi : plutôt que de le voir sans travail et devenir fou comme il avait failli le devenir à Souillac, je préférais le voir à son avantage en menant les équipes et en mangeant le pain qu'il gagnait. Je savais qu'il n'aurait pas supporté de vivre de sa pension ou de dépendre de moi. Le travail, c'était sa vie, et depuis l'âge de cinq ans. Mais je savais aussi qu'il lui en coûtait autant que moi de s'en aller si loin.

Que ces derniers jours de décembre ont été difficiles ! Nous sommes revenus à Saint-Quentin en attendant le départ, car les baraques devaient être démolies et nous ne savions pas où nous loger. Et j'avais tant envie de revoir ma maison, Louise, Victorine, mes autres frères et sœurs avant de partir, peut-être pour toujours.

Je me souviens de ce Noël-là comme d'un Noël gâché, malgré la présence des miens assemblés autour de la table et la belle messe de minuit à Saint-Quentin. Tout ce que je voyais, et que j'aimais, me faisait précisément penser que j'allais le perdre. Quitter ma maison, mes bois, mes chemins, mon église, sans savoir si je les reverrais un jour me semblait impossible. Pourtant je suis allée dire au revoir à mon père, le dernier jour, au cimetière, et je crois que c'est grâce à lui que j'ai trouvé les forces nécessaires. Mon devoir était de suivre mon mari n'importe où, pourvu qu'il soit heureux. J'ai embrassé les miens sans pleurer, puisqu'il le fallait. Mais quand j'y repense, mon Dieu ! Partir ainsi, si loin, avec deux enfants en bas âge, en plein hiver ! Et pour trouver quoi ? La ruine et la désolation ? Mais il n'était plus temps d'hésiter : j'ai respiré un grand coup, j'ai regardé Élie, mes petits, et puis je suis montée dans la charrette avec la même impression que le jour où mon père m'avait emmenée à l'auberge de Sarlat.

A Sarlat, précisément, nous avons pris le train pour Bordeaux et, de là, pour Paris et les Ardennes. Quarante-huit heures, ou presque, de voyage dans le froid de l'hiver et, devant nous, à partir de Reims, une terre noire, dévastée, creusée d'entonnoirs et hersée à perte de vue. Le pire m'attendait à Rethel, lorsque nous y sommes arrivés. Il faisait nuit. Aucune lumière dans la gare.

Je me revois dans la cour à attendre Élie qui était allé chercher de l'aide, luttant contre le vent qui soufflait en rafales glacées. J'avais un long manteau de bure, et j'avais pris mes petits contre moi, les gardant bien à l'abri, agrippés à mes jambes. Combien de temps ai-je attendu, sans pouvoir m'abriter dans la gare fermée à clef ? Peut-être une heure. Peut-être deux. En tout cas cette nuit-là est restée en moi comme l'un des pires moments de ma vie.

Enfin Élie est revenu avec une charrette conduite par un homme qui s'appelait Henri, et qui nous a beaucoup aidés par la suite, mais je ne le connaissais pas encore. Il devait être quatre heures du matin. Nous sommes partis chez l'homme pour nous réchauffer en attendant le jour. Il vivait seul, sa femme étant morte depuis deux ans. J'ai couché les enfants dans son lit et j'ai pu m'assoupir un peu dans un fauteuil, tandis qu'il discutait avec Élie, car il avait été chargé par l'entreprise d'organiser le chantier.

Le lendemain matin nous n'avons pas osé réveiller les enfants. Ils ont dormi jusqu'à onze heures, épuisés qu'ils étaient par le manque de sommeil durant le voyage. Nous avons mangé un peu de soupe avant de partir, seuls, dans une charrette de louage, l'homme devant réceptionner du matériel à la gare dans l'après-midi. Il avait pris soin d'expliquer à Élie par où il fallait passer et de lui donner tous les renseignements nécessaires pour que nous ne nous perdions pas. Il était un peu plus de midi quand nous avons emprunté une petite route à la sortie de Rethel, en direction de Perthes-les-Ardennes. Nos deux enfants serrés entre Élie et moi, j'essayais de les protéger de mon mieux contre le vent glacé qui courait sur les champs et les prés dévastés. Mon Dieu ! Quand j'y repense ! Je me demande comment nous avons pu toucher au terme de la route, ce jour-là, dans un univers de fin du monde. Je cachais tant que je pouvais les larmes que le froid m'arrachait, à moins que ce ne fût le découragement. Heureusement que le bon Dieu a placé en nous les forces que nous ignorons mais qui surgissent au moment où nous en avons le plus besoin. Car dans ce monde boueux et gris, sur cette charrette ouverte à tous les vents, et tandis que la neige se mettait à tomber, je comprenais qu'Élie retrouvait la région même où la guerre l'avait brisé, et je voyais son visage se fermer comme aux plus mauvais moments de sa vie. Quant à moi, je me disais que jamais je ne pourrais rester plus d'une semaine dans ces lieux qui ne pouvaient qu'attirer le malheur.

Nous sommes arrivés à Perthes au milieu de l'après-midi, mais déjà la nuit tombait. Nous croyions être au bout du voyage, mais non : il fallait continuer quelques kilomètres encore, en pleine campagne, pour trouver ces fameux baraquements qui devaient avoir été dressés. Ils l'étaient, heureusement, et nous avons reconnu parmi eux quelques-uns qui se trouvaient à Bordeaux. Henri nous avait donné la clef de deux d'entre eux, celui où nous devions habiter et celui de la cuisine. Nous sommes entrés dans le nôtre, qui était marqué d'un S tracé à la peinture rouge, et j'ai tout de suite allumé la bougie posée sur une planche, derrière la porte. Au fond, il y avait un poêle et un petit tas de bois. J'ai allumé le feu pendant qu'Élie déchargeait la charrette, ce qui a été très vite fait car nous n'avions que deux valises. Les quelques meubles que nous avions achetés à Bordeaux devaient nous être apportés le lendemain par Henri.

Comme il nous restait du pain, j'ai voulu faire de la soupe, mais la canalisation d'eau qui alimentait le robinet avait gelé. J'ai dû faire fondre de la neige. Enfin, au bout d'une demi-heure, nous avons pu manger cette soupe qui avait encore le goût du pain du Périgord, et je me suis sentie un peu réconfortée. Ensuite, comme nous étions très fatigués, nous nous sommes couchés, les enfants dans le même lit pour avoir moins froid, Élie près de moi, muet, lointain, comme s'il se jugeait coupable de la situation dans laquelle nous nous trouvions cette nuit-là.

Comme les enfants avaient peur, je me suis relevée pour allumer la bougie, le temps qu'ils s'endorment. Et cette petite lumière, tout à coup, il m'a semblé qu'elle avait été allumée par celui qui ne nous oubliait pas dans notre solitude et qui veillait sur nous. Je me suis sentie rassurée : ainsi, au bout du monde, au bout de la nuit, dans le froid et la neige, une lumière continuait de briller. Je me suis endormie sans même entendre Élie se lever, un peu plus tard, pour éteindre la bougie qu'il fallait économiser.

Je me suis réveillée juste avec le jour, tout gris, et sale, qui filtrait sous l'unique fenêtre. Il était tard. Élie avait déjà allumé le poêle, et je me suis sentie honteuse d'avoir dormi si longtemps. J'ai eu à peine fini de m'habiller que l'homme de Rethel, Henri, arrivait avec nos meubles — trois chaises, une table, un coffre à linge et un petit buffet —, mais aussi avec du pain et du lait. Dès que nous avons eu déjeuné dans la bonne chaleur du poêle bourré jusqu'au couvercle, nous nous sommes mis au travail, moi dans la maison, les hommes à réparer la canalisation d'eau. Ainsi a commencé la première journée de notre séjour dans ce coin de France où je n'aurais jamais imaginé habiter un jour.

Pourtant nous avons fait face, grâce surtout à Henri qui connaissait bien la région et les gens. Nous nous sommes d'ailleurs aperçus très vite qu'il avait organisé pas mal de choses avant notre arrivée, notamment l'approvisionnement en bois de chauffage. Les équipes d'ouvriers devaient arriver trois jours plus tard. A l'heure dite, tout était prêt. Le fourneau et les tables étaient installés dans la baraque qui devait servir de restaurant, les paillasses dans les autres, les victuailles dans un appentis fermé avec un cadenas. Car le chantier était autrement plus important qu'à Bordeaux et ce n'était plus de vingt hommes dont il fallait s'occuper, mais de cinquante, et parmi eux toujours beaucoup d'étrangers, surtout des Russes et des Espagnols, dont il était difficile de se faire comprendre. Tout ce monde était rassemblé en surplomb de la voie ferrée, juste à l'entrée du tunnel, et dirigé par un ingénieur, M. J..., qui me semblait bien jeune pour mener une telle entreprise.

La vie s'est organisée tant bien que mal, même si on manquait de tout, et les jours ont commencé de se succéder, les uns semblables aux autres. Clément allait à l'école à pied à Perthes : deux kilomètres le matin et autant le soir. Comme elles me paraissaient petites, ses jambes, pour le porter, lui et sa musette ! Mais comment faire autrement ? Je gardais Constant avec moi dans la cuisine, mais je n'avais guère le temps de m'en occuper. Élie pas davantage qui, en plus de la surveillance du chantier, se rendait à Rethel deux fois par semaine, avec la charrette et la jument qu'Henri avait achetées pour l'entreprise.

Je me suis rendu compte très vite que je n'allais pas pouvoir faire face à tant de travail. Étant trop seule pour nourrir cinquante hommes, je n'avais pas une minute à moi. Le soir, je tombais de fatigue, et le matin je n'arrivais plus à me lever. Élie a alors obtenu de l'ingénieur d'embaucher une femme pour m'aider. C'était la femme d'un Espagnol. Elle s'appelait Pétra, était très courageuse et dure au mal. Tout s'est arrangé, du moins dans ce domaine, car les disputes et les bagarres, comme à Bordeaux, étaient fréquentes. Encore plus ici, d'ailleurs, du fait que les hommes étaient plus nombreux. Que j'avais peur, parfois, les soirs où il me semblait que l'ingénieur, Henri et Élie n'arriveraient pas à ramener le calme ! Bien que le vin ait été rationné, les hommes en trouvaient toujours, car ils allaient le dimanche à Perthes et ramenaient des bouteilles dans leur musette. Combien de fois les gendarmes sont venus à la suite de vols ou de blessures dans les chambrées ! Et combien de fois j'ai tremblé en ayant peur qu'Élie reçoive un mauvais coup !

Je me souviens surtout d'un homme, un grand Russe barbu et fort comme un taureau, à qui Élie avait fait une remontrance sur le chantier. Ayant sans doute l'impression d'une injustice, l'homme était devenu comme fou et avait juré de le tuer. Ah ! ces nuits qu'Élie a passées devant la porte de notre baraque, le fusil à la main, guettant le moindre bruit dans l'ombre. Je ne pouvais pas fermer l'œil, évidemment, et le matin je me levais encore plus fatiguée que la veille. Mais le plus difficile c'était de côtoyer ces hommes qui vivaient sans femme et de devoir faire attention tout le temps, de ne pas rester seule, de ne pas répondre, et surtout de ne pas les blesser en paroles. Je devais aussi veiller à ne pas en favoriser un plus que l'autre, et comme il était impossible de faire des parts égales, j'ai dû très vite renoncer à les servir. Je me suis arrangée, dès que Pétra m'a aidée, pour que tout soit prêt sur les tables quand ils arrivaient.

Souvent aussi, quand il y avait des incidents, je faisais en sorte de les régler avec l'ingénieur, afin qu'Élie ne l'apprenne pas. Je me méfiais de ses réactions, car il n'était pas plus jaloux qu'un autre, mais il était vif, et nerveux, et parfois encore très violent. A deux ou trois occasions, enfin, je me suis tirée d'affaire par la douceur et la persuasion, parce que c'était aussi ce qui leur manquait à tous ces hommes qui vivaient si durement, dans un total dénuement et le manque d'amour.

Plus tard, à partir de janvier, j'ai commencé à soigner ceux qui tombaient malades, avant que n'arrive le médecin de Rethel. Après sa venue, c'est aussi moi qui leur donnais leurs médicaments, mais ce n'étaient pas les médicaments d'aujourd'hui et il y en avait peu. En fait, ils avaient surtout besoin d'une présence attentive. Pauvres hommes ! On ne comptait plus les engelures, les plaies ouvertes qui ne cicatrisaient pas, les fractures même, et combien j'en ai vu pleurer, de douleur, de fatigue seulement, lorsqu'ils se retrouvaient allongés près du poêle, trouvant enfin, et pour quelques jours, un peu de repos.

Ainsi a passé ce premier hiver, puis un printemps qui ne ressemblait en rien à ceux que je connaissais. Car il n'y avait pas d'arbre, ou presque plus, dans cette région labourée par la guerre, et l'herbe avait du mal à repousser. Je croyais que le plus dur était derrière nous, quand, avec les premières chaleurs, sont arrivés les rats. Des rats énormes, gros comme des chats, qui se sont réfugiés sous les baraques, et surtout sous celle de la cuisine, à cause des déchets qui tombaient entre les planches mal jointes. Ces rats sont très vite devenus pour moi une hantise car ils n'avaient peur de personne. Les ouvriers se distrayaient en essayant de les tuer, et c'était à qui réussirait le mieux. Ils présentaient un appât au ras des planches et guettaient leur apparition au moyen d'un bâton sur lequel ils avaient fixé une fourchette. Même Clément, mon fils, s'y était mis et je n'arrivais pas à l'en empêcher car il se cachait. Et moi, en entendant couiner ces bêtes que pourtant je n'aimais pas, je pensais à ces petits chats qu'on a coutume de tuer, à la campagne, quand la portée a été trop grosse.

Un dimanche, Élie a voulu se rendre à Perthes-les-Hurlus, un village distant de quelques kilomètres, pour essayer de retrouver l'endroit où il avait été blessé. Je n'ai pas compris pourquoi et j'ai eu peur que cette décision n'entretienne en lui un mauvais feu. Car je croyais, au contraire, qu'il s'efforçait d'oublier la guerre. Et voilà qu'il voulait m'emmener à l'endroit où il avait souffert et failli mourir. J'ai essayé de le raisonner en lui disant :

— N'y va pas. A quoi ça te servira ?

— Il le faut, j'en ai besoin. Mais si tu veux, reste là, j'emmènerai le petit.

Le petit, c'était Clément. Qu'est-ce qu'il lui passait par la tête à cet homme ? Quand j'ai compris qu'il n'en démordrait pas, je n'ai pas voulu le laisser y aller seul. Ce devait être au début d'octobre. Nous sommes montés sur la charrette après le repas de midi et nous avons pris la direction du village en question. La terre avait revêtu sa pelisse rousse d'automne, comme chez nous, en Périgord, mais ce qui me surprenait le plus dans cet horizon monotone, c'étaient les arbres. Ils repoussaient, certes, mais ils étaient tellement malingres qu'ils n'avaient presque pas de feuillage. Comme je regrettais les grands chênes et les beaux châtaigniers de Saint-Quentin ! Et que ces champs, ces prés me paraissaient tristes !

Une fois au village, Élie s'est renseigné auprès d'un homme qui portait un fagot de bois, puis nous avons continué un peu à main gauche, peut-être un kilomètre ou deux. Nous sommes alors arrivés dans une grande étendue qui avait été labourée, au bas d'une petite butte. A droite coulait un ruisseau qui, là-bas, semblait la contourner. De l'autre côté, le terrain descendait légèrement puis remontait vers un ressaut sur lequel on distinguait des lignes plus sombres que la terre : l'emplacement des anciennes tranchées. J'ai senti, près de moi, qu'Élie tremblait et je lui ai pris le bras pour qu'il ne descende pas. Mais il n'avait pas fait tout ce chemin pour s'en retourner aussitôt. J'ai simplement pu retenir Clément et j'ai regardé Élie qui allait s'asseoir, là-bas, sur une souche morte, en nous tournant le dos. J'ai repensé alors à mon attente dans le petit logement de Souillac le 1er janvier 1915, à cette lumière qui s'était éteinte subitement, et à cette intuition qui m'avait frappée d'un malheur arrivé quelque part. Et ce jour-là, en fermant les yeux, j'ai vu ce qu'Élie m'avait raconté, une nuit, et c'était comme si les éclats d'obus m'avaient touchée, moi qui l'aimais tellement, cet homme, et ne pouvais supporter de le voir souffrir.

Il ne bougeait toujours pas, demeurait assis, la tête entre ses mains. Je ne savais pas si je devais m'approcher ou non. Clément, lui, voulait descendre. Je l'ai laissé faire, finalement, et il s'est dirigé vers son père qui, en l'apercevant devant lui, a sursauté. Il s'est levé, a posé sa main sur l'épaule de Clément, puis ils sont revenus vers moi doucement. Élie est monté sur la charrette sans un mot. Il ne tremblait plus et il y avait en lui une sorte de paix.

Nous n'avons pas parlé davantage au retour. Je me revois sur cette route étroite bordée de champs immenses, me demandant ce que nous étions venus faire là. Dieu que c'est loin, pourtant ! Mais il y a des moments de la vie qui restent présents en nous plus que d'autres, sans que l'on sache pourquoi. Pas forcément les plus pénibles ou les plus heureux. Mais peut-être tout simplement ceux qui se rapprochent le plus de ce que nous sommes vraiment... Ce n'est que le soir venu, avant de se coucher, qu'Élie m'a dit sans que je lui pose la moindre question :

— J'avais besoin de savoir si tout ça était vraiment fini.

J'ai mesuré ce soir-là à quel point la guerre l'avait ébranlé, et bien plus profondément que je ne l'avais senti, tant il était longtemps resté muré dans le silence. Mais la présence continuelle de sa main blessée le ramenait sans cesse à ce qu'il avait vécu. Voilà pourquoi il avait eu besoin de vérifier que oui, décidément, les armes s'étaient bien tues au mois de novembre 1918, et que les obus avaient cessé de labourer ces terres de souffrance.

C'est peu après notre retour de Perthes-les-Hurlus que je

me suis rendu compte que j'étais enceinte pour la troisième fois. Comme je voyais mes deux fils grandir en mangeant à leur faim, je ne m'en suis pas inquiétée, au contraire. Élie non plus, car il avait d'autres soucis avec l'arrivée de l'hiver. Déjà s'abattaient sur les Ardennes des averses de pluie froide comme de la grêle et l'on ne voyait presque plus le soleil. C'est alors, vraiment, que nous avons eu le mal du pays. D'abord sans oser en parler, puis en disant quelques mots, vite effacés, vite oubliés, mais douloureux, parfois, comme une plaie qui ne guérit pas. Car nous ne cessions pas de penser aux nôtres, là-bas, si loin, qui gavaient les oies en prévision des fêtes de Noël. Et c'était précisément la deuxième fois que nous allions passer Noël tout seuls. Je crois que c'est ce jour-là, le dimanche après-midi, alors que nous étions autour du poêle avec nos deux enfants, qu'Élie m'a dit en soupirant :

— On ne restera pas ici ; c'est trop loin de chez nous.

Je n'ai pas répondu, mais il m'a semblé que pour la première fois depuis très longtemps le ciel redevenait bleu. Élie a ajouté, en me voyant sourire :

— Si tu tenais un petit jardin et si je faisais le commerce des bêtes sur les foires, peut-être que nous pourrions vivre petitement, mais chez nous.

S'il avait su, cet homme, combien il me faisait plaisir ! Ainsi ce jour de Noël, contrairement à ce que je redoutais, allait être beau ! Je ne voyais plus rien de la brume du dehors, et tout notre logement, au contraire, semblait illuminé par les flammes du poêle. Élie, me regardant dans les yeux, a continué :

— Si nous continuons à économiser, dans un an nous

pourrons peut-être acheter une fermette et un petit enclos. Qu'est-ce que tu en penses ?

J'en pensais que c'était trop beau et je me suis contrainte à ne pas le pousser trop vite dans cette voie, de peur que ce projet merveilleux et tellement nécessaire pour moi n'aboutisse pas. Des sous, nous commencions à en avoir un peu à force d'économiser et de ne rien acheter pour nous nourrir. Mais combien de temps faudrait-il pour réunir une somme qui nous permette d'acheter un toit ? Un an, comme le disait Élie, ou deux ? ou cinq ?

Ce jour-là, dans notre solitude, nous avons éprouvé le besoin d'écrire à Saint-Quentin pour leur demander de commencer à chercher une maisonnette à acheter, même en mauvais état, et un bout de terre à cultiver. Et je peux dire que j'ai été heureuse d'écrire aux miens, sous la lampe, sans trop y croire mais en sachant que de toute façon cela nous aiderait à vivre.

Et cela nous a aidés, effectivement, à passer ces mois de pluie, de neige et de vent, sans nous décourager. Chaque fois que nous avions l'occasion d'en parler, c'était le soleil qui entrait chez nous et nous oubliions tout le reste. Car cet hiver-là a été très froid. Si froid que les travaux ont dû être stoppés plus d'un mois. Clément n'allait plus à l'école. Il m'aidait, et Élie aussi, car le mauvais temps n'empêchait pas les hommes de manger. Terrible hiver. Interminable hiver. Je n'avais pas souvenir d'en avoir vécu de pareil. Comme il me tardait de voir arriver le printemps ! Jamais, je crois, je n'ai guetté les premières fleurs avec ce besoin de revoir leurs couleurs, jamais je n'ai autant espéré la lumière du soleil, la vraie, celle des étés magnifiques du Périgord, dans l'odeur des foins ou des moissons.

Je crois aussi que mon impatience allait de pair avec ma hâte d'accoucher, car j'étais très gênée dans mon travail. Heureusement, à force de l'attendre, le printemps est enfin arrivé, et avec lui une lettre de Saint-Quentin qui m'annonçait la venue de ma sœur Aline et de mon frère Félix. Sans que je leur en aie fait la demande, ils venaient m'aider, tout naturellement, à l'occasion de mon accouchement. Comme j'étais heureuse ! J'ai oublié aussitôt les longs mois d'hiver et je n'ai plus pensé qu'au jour où je pourrais les serrer dans mes bras. Car cela faisait presque dix-huit mois que je n'avais pas revu les miens et ils me manquaient bien plus que je ne saurais le dire. Oh ! oui. J'ai compté les jours, les heures même, qui me séparaient de leur arrivée, et j'ai été au comble de la joie le soir où nous avons été tous réunis autour de la table. Et là, alors que nous mangions ensemble pour la première fois depuis si longtemps, ils nous ont annoncé qu'ils nous avaient peut-être trouvé une maisonnette au lieu-dit la Brande, entre Sarlat et le village de Temniac, d'où l'on voyait d'ailleurs la route de Montignac que je connaissais si bien pour l'avoir empruntée si souvent avec mon père, quand il me ramenait à l'auberge. C'était trop cher : il nous manquait encore beaucoup de sous. Mais qu'importe ! Que nous avons fait de projets, ce soir-là, et que de rêves ont agité la nuit qui a suivi ! Que de joie, aussi, pendant les jours passés auprès d'Aline qui me parlait de mes sœurs, des parents, des voisins, de Saint-Quentin, et m'aidait comme au temps où nous allions dans les champs, toutes petitounes, pour glaner après les moissons ! Aline était plus âgée que moi. J'avais été plus proche de Marceline et de Flavie, mais Aline, qui était revenue dans notre maison natale pour aider sa mère, était plusieurs fois venue à Souillac quand Élie était au front. Je l'aimais beaucoup. Et quand elle me parlait de chez nous, il m'arrivait de grandes bouffées de parfums de foins, de châtaignes blanchies, de quartiers d'oies et de cèpes fondants. Et tous ces trésors perdus me donnaient encore plus envie de rentrer. Mon Dieu que c'était bon ! Et que j'en ai été reconnaissante à Aline d'être venue vers moi à cette époque où j'en avais tant besoin !

C'est elle qui a fait office de sage-femme, ce 20 mai 1920, le jour où j'ai donné naissance à mon troisième fils que nous avons appelé Abel et qui est le seul, donc, à être né loin du Périgord. Dire que cet accouchement a été facile, non, certes pas, mais il me semble avoir moins souffert que lors des précédents, en tout cas moins longtemps. Il était beau, mon fils, et vigoureux, mais c'est à peine si j'ai pu profiter de sa présence car je me suis levée huit jours après pour travailler. Ce que je me rappellerai toute ma vie, c'est que j'étais obligée de laisser la bougie allumée, la nuit, pour que les rats ne le mangent pas. Oui ! Je sais ! Tout ça paraît aujourd'hui bien difficile à croire, mais c'est la vérité, d'autant qu'il y en avait de plus en plus, et de plus en plus gros. A se demander d'où ils venaient. Je crois tout simplement qu'ils avaient été attirés là par la guerre et ses charniers, et qu'ils y étaient restés.

En tout cas, même la journée, je ne quittais pas de l'œil le panier où dormait Abel, et je me gardais bien de le laisser seul, même une minute. Dans la cuisine, je prenais soin de placer le panier en hauteur et surtout pas au ras du sol. Quel cauchemar c'était, de vivre avec cette hantise et de ne pouvoir fermer l'œil ! Enfin ! Ce temps-là, aussi, a passé, parce que tout passe, bien sûr, mais pour rien au monde je ne voudrais revivre tout ça.

Même si nous n'en parlions pas, nous savions bien que nous n'aurions pas la force de vivre un autre hiver dans le Nord. Il avait été convenu avec Aline et Félix qu'ils parleraient au propriétaire de la maisonnette pour savoir s'il n'était pas trop pressé, et surtout pour essayer de faire baisser le prix. C'était un M.V..., de Saint-Julien-de-Lampon, qu'avait connu mon père. Nous avions bon espoir. Mais quand la lettre d'Aline est arrivée, j'ai cru que le monde s'écroulait autour de moi. L'homme voulait vendre tout de suite, et au prix fixé. Nous avons recompté nos sous. Il en manquait beaucoup, et, à cette époque-là, on n'avait pas l'habitude comme aujourd'hui d'emprunter. Il nous fallait donc attendre, et sûrement nous devrions passer un autre hiver dans les Ardennes. Et si pendant ce temps le propriétaire vendait à d'autres ? Je ne cessais pas de poser cette question à Élie qui essayait de me rassurer : d'après Aline, personne n'achèterait jamais à ce prix-là ; dans quelques mois, au contraire, l'homme de Saint-Julien-de-Lampon serait moins exigeant et nous aurions gagné d'attendre. Sans compter que d'ici-là, nous aurions assez de sous. D'après lui, donc, il n'y avait pas d'autre solution que de se montrer patients.

J'ai fait contre mauvaise fortune bon cœur, et je me suis résignée à passer une année de plus dans le Nord, soutenue par l'idée que les sous que nous allions gagner nous permettraient de mieux nous installer chez nous. Et puis l'été est arrivé, qui m'a beaucoup aidée, car il a été ensoleillé, mais sans trop de chaleur. Il y avait maintenant moins d'incidents entre les ouvriers qui souffraient moins des conditions dans lesquelles ils travaillaient. Je pouvais sortir Abel chaque fois que j'avais un moment de libre, l'après-midi, et le fait d'aller sur les chemins me rendait un peu de cette liberté que me prenait l'hiver. Constant, qui avait eu quatre ans, trottinait à côté de nous, cherchant les rares sauterelles dans les prés. Je me suis efforcée de ne plus penser à notre maison et j'y suis arrivée assez bien jusqu'à l'automne qui a été doux, cette année-là. Et puis un nouvel hiver est arrivé, et j'ai recommencé à languir sans le montrer à Élie. Un hiver si froid, si blanc, que je n'ai même pas pu aller à la messe de minuit à Perthes, bloqués que nous étions par la neige. Je travaillais de l'aube jusqu'à la nuit pour m'abrutir dans le travail et oublier tout le reste. Heureusement, il y avait les lettres d'Aline qui nous donnait des nouvelles de la famille et de notre maison.

Dès le mois de mars, quand le dégel s'est amorcé et que les routes sont devenues praticables, nous avons recompté nos sous. Ça y était ! Nous en avions assez. Il n'était pas question d'attendre davantage. Vers le milieu du mois, Élie a pris le train pour Sarlat et j'ai prié de toutes mes forces en l'attendant. Allait-on enfin réaliser notre rêve ? Élie est revenu huit jours plus tard, à la tombée de la nuit. Mon travail achevé, j'étais allée marcher au bout du chemin qui menait à la route de Perthes, comme tous les soirs. J'ai deviné de loin son sourire, tandis que la charrette conduite par Henri s'approchait. Et quand il a sauté du marchepied en me montrant l'acte notarié, il m'a semblé que le soleil surgissait de la nuit. Je ne parvenais pas à y croire et d'ailleurs je ne pouvais pas lire, tellement j'avais de larmes dans les yeux. Les meilleures, sans doute, les plus belles que j'aie jamais versées.

Une fois chez nous, Élie avait beau me répéter que c'était une maisonnette de trois pièces en mauvais état, je ne l'entendais pas, éblouie que j'étais par ce qui m'attendait là-bas, sous ce toit qui désormais nous appartenait et sous lequel, j'en étais sûre, nous allions vivre heureux. Chaque soir, avant de me coucher, j'ai regardé pendant plusieurs jours l'acte notarié et il m'est même arrivé de me réveiller en sursaut en me demandant si je n'avais pas rêvé. Mais non, il était bien là, près de moi, sur la petite table qu'avait fabriquée Élie. Tout cela est bien loin, et pourtant, si je ferme les yeux, aujourd'hui, je vois encore les mots écrits par le notaire sur le mauvais papier d'après-guerre.

Nous n'avons pas pu partir aussi vite que nous l'aurions souhaité. M. Duval ne pouvait pas nous remplacer du jour au lendemain et nous ne voulions pas lui faire du tort : il avait été si bon avec nous. Par moments, je me disais qu'il était plus raisonnable de gagner encore quelques sous, mais dans les secondes qui suivaient, je revoyais mes châtaigniers, ma terre, mon village, et la fièvre du départ me reprenait. Mais je n'avais plus peur, et je savais que ce jour allait venir sans trop tarder.

J'ai dû patienter jusqu'au début de septembre et je n'en pouvais plus d'attendre. Aussi, quand Henri nous a amenés à la gare de Rethel et que je me suis retrouvée sur le quai où j'étais descendue lors d'une froide nuit de décembre, je n'ai eu qu'un désir : monter le plus vite possible dans le train du retour. Comme il faisait soleil, j'ai regardé défiler ces champs et ces collines qui me paraissaient beaux pour la première fois. A Paris, que j'ai trouvé pénible le changement de gare ! Je me sentais encore très loin, et il a fallu toute une nuit avant que je reconnaisse, derrière le brouillard du matin, les chênes et les châtaigniers de mon enfance. A Sarlat, je n'ai eu qu'une hâte, aller voir notre maison. Je la revois aujourd'hui comme je l'ai vue à l'époque, toute petite avec son toit d'ardoises, et ce sont les mêmes battements de cœur qui résonnent dans ma poitrine. C'était tout simplement la plus belle maison que la terre puisse porter.

Le temps que nos meubles arrivent, nous avons passé quelques jours à Saint-Quentin, en compagnie de Louise, Victorine, Aline et Félix. Mon père, hélas ! n'était plus là pour regarder avec moi les étoiles et je retrouvais Louise bien diminuée. Je la revoyais plus jeune avec tous ces enfants suspendus à ses jupes, toujours d'humeur égale, et dévouée jusqu'à l'épuisement, et je me demandais par quel miracle elle était toujours en vie. Le fait de m'asseoir autour de la table où nous étions jadis si nombreux mais où les chaises vides trahissaient aujourd'hui tant d'absences m'a donné envie de partir le plus vite possible dans ce qui serait désormais ma vraie maison. Nous avons pu emménager trois jours plus tard, les meubles étant enfin arrivés. Au moment même où j'ai allumé le premier feu, des gerbes d'étincelles ont illuminé le foyer, comme un feu de Saint-Jean dans les chaudes nuits d'été.

6

Comme je l'avais vérifié la première fois où je l'avais vue, notre maison regardait bien la route de Montignac que j'apercevais, là-bas, au bout du pré qui dévalait vers elle en pente abrupte. C'était la route de ma maison natale. Il me suffisait de m'approcher de la fenêtre pour embrasser tout mon univers. Où donc aurais-je pu être plus heureuse qu'à la Brande ?

On entrait par une porte étroite qui donnait dans la cuisine où il y avait un cantou suffisamment grand pour y faire la cuisine et pour chauffer l'ensemble. Cette cuisine communiquait avec une petite pièce sombre qui allait nous servir de chambre. On accédait au grenier par une échelle meunière. Il avait été sommairement aménagé en une pièce de la grandeur des deux du bas, et donc plus grande que chacune d'entre elles, dont nous allions faire une chambre où allaient dormir nos trois enfants. Le tout, comme je l'ai dit, était très petit, mais c'était notre maison. Et elle était bâtie en pierre, et non en bois, comme ces baraquements dans lesquels nous vivions depuis 1917, et elle portait un vrai toit de tuiles. Jamais je n'avais été aussi heureuse qu'en installant nos meubles, qui m'ont semblé y trouver leur place comme s'ils avaient toujours été là.

Attenante, au bord du chemin, il y avait une grangette également bâtie en dur. De l'autre côté du chemin, la pièce de terre qui nous appartenait était délimitée, tout au fond, par la voie ferrée de Sarlat à Condat-le-Lardin. Ce n'était pas grand-chose, mais c'était déjà beaucoup. D'autant que nous avions une source au bas du pré qui dévalait vers la route de Montignac, et qui, lui aussi, nous appartenait. Je ne me doutais pas encore que j'allais monter et descendre cette pente raide, mes seaux à la main, des milliers et des milliers de fois, et d'ailleurs ça m'était bien égal. J'avais l'habitude d'aller chercher l'eau et de remonter les seilles avec mon « chabalou » depuis ma plus lointaine enfance.

De sorte que je m'y suis glissée, dans ma maisonnette, comme une mère oiseau se glisse dans un nid tiède, et je me suis dépêchée d'y construire avant l'hiver un refuge où nous aurions plaisir à nous retrouver bien au chaud, tous ensemble. Nous savions qu'il nous faudrait vivre petitement et que les premiers mois seraient difficiles, mais nous y étions préparés. Le premier travail d'Élie a été de couper du bois chez un propriétaire des environs et de le rentrer dans la grange. Pour manger, nous pouvions, avec la pension, acheter du pain et des légumes. Une bonne soupe et un chabrol ont toujours été la meilleure des nourritures pour les gens de chez nous. En octobre, Élie a loué un cheval et nous avons labouré pour semer du blé, moi devant pour guider, lui derrière, les mains attachées à la charrue pour mieux la tenir. Le quart de notre terre était en vignes. Oh ! une toute petite vigne, mais il avait été convenu que nous n'aurions pas droit à la récolte cette année-là. Ce serait pour octobre prochain. Nous pourrions donc faire notre vin et nous donnerions une partie de notre farine au boulanger de Sarlat qui nous la rendrait en pain. Le reste de notre terre nous servirait à faire venir des légumes. Quant au pré, nous avions prévu de garder le foin pour élever des veaux (qu'on appelait des broutards) et les revendre une fois grands. Dès que nous aurions gagné quelques sous, nous achèterions un cheval ou un âne. Nous étions heureux de tous ces projets, d'autant qu'Élie venait de trouver tout à fait par hasard un propriétaire qui acceptait de nous laisser ramasser les châtaignes « à moitié ». Cela signifiait que nous assurions nous-mêmes la récolte, et que nous en donnions la part qui revenait à celui qui possédait les bois. C'était dans la forêt de Campagnac, pas très loin de Saint-Quentin, près du hameau de Loubéjac.

Comme j'ai aimé ces journées de fin d'octobre dans les bois ! Cela me rappelait mon enfance que je croyais avoir perdue, et c'était comme si j'avais entrouvert les portes du paradis. Nous en profitions pour chercher aussi les cèpes et, à midi, nous mangions dans la clairière qui sentait si bon la mousse et les fougères. Au diable la piqûre des aiguilles sur les doigts ! Quatre ou cinq jours de cueillette nous ont assuré une provision de châtaignes pour tout l'hiver. Élie est allé rendre la moitié qui revenait au propriétaire et j'ai eu un peu peur qu'il se fâche avec lui pour un mot un peu vif. Mais non : ces messieurs de Campagnac étaient de bonne compagnie et nous avons sur leurs terres ramassé les châtaignes pendant de longues années.

Notre premier achat a été des volailles : poules et canards qui nous assureraient la viande jusqu'au printemps, en espérant bien, à ce moment-là, pouvoir acheter un « gagnou » (un cochon). Et notre vie s'est ainsi organisée, toute simple, mais telle que nous l'avions rêvée. Et avec quel plaisir, cet automne et cet hiver-là, j'en ai goûté chaque seconde, chaque minute ! Clément et Constant allaient à l'école à Temniac, en haut de la côte de la Brande, chez un maître qui s'appelait M.D... avec qui, plus tard, nous allions faire connaissance. Ils en avaient un peu peur de cet homme, mais ils apprenaient bien quand même, et j'étais contente de leur faire place, le soir, sur la table de la cuisine, pour qu'ils puissent apprendre leurs leçons et faire leurs devoirs. Quand nous nous retrouvions réunis tous les cinq, le soir, autour du cantou, après avoir mangé la soupe, que je n'avais plus à redouter les rats, les disputes entre les hommes ou les vols de nourriture, il me semblait que notre séjour dans les Ardennes n'avait jamais existé. Il m'arrivait pourtant, la nuit, de me réveiller brusquement et de chercher le panier dans lequel était couché Abel, sous la lumière d'une bougie. Il m'en a fallu, des mois, pour retrouver un vrai sommeil, même si je savais qu'il ne risquait plus rien maintenant, endormi dans son petit lit, à portée de ma main !

Et comment aurais-je oublié ce premier Noël sous notre toit ? J'avais invité Louise, Victorine, Aline, Félix et leur petite famille pour les remercier d'être venus nous aider quand nous en avions tant besoin. Nous sommes allées entendre la messe, avec nos enfants, la lampe à la main, dans la belle église de Temniac, et, de nouveau, il m'a semblé avoir dix ans ; de nouveau j'étais éblouie par la crèche et les lustres et je donnais la main à quelqu'un de ma famille, dans la nuit du retour, sur les chemins durcis par le froid, en faisant croire que le loup nous suivait. Mon père, hélas !

n'était plus là pour nous donner ses menus cadeaux. C'était à moi, désormais, de faire plaisir à mes enfants. Et c'étaient des pralines, des fruits confits, une orange, des mitaines, un cache-col et, parfois, rarement, l'un de ces jouets en bois que je n'avais pu m'empêcher d'acheter à la grande foire de Sarlat, le 6 décembre. Quelle joie c'était de les voir sourire et s'amuser comme je l'avais fait, moi, lors des lointains Noëls qui demeuraient si présents dans ma mémoire !

Lointains ? Oui, certes ! Car j'avais trente-six ans, déjà, et je ne me rendais pas compte, encore, que ma jeunesse était derrière moi. C'est que j'avais tellement travaillé que je n'avais pas vu le temps passer. Tout comme Élie, qui, lui, en avait quarante-deux, et qui était encore vigoureux, plein d'énergie et de volonté. Mais le fait de devoir s'attacher les outils à sa main droite avec une lanière le rendait de nouveau coléreux. Il n'arrivait jamais à faire exactement ce qu'il voulait et je l'entendais crier, souvent, contre lui-même ou contre la guerre qui l'avait estropié.

C'est au printemps suivant, je crois, que nous nous sommes décidés à acheter un cheval. En fait de cheval, il s'agissait d'une jument, Rosalie, qu'Élie n'avait pas payée très cher à la foire de Salignac, car elle était mauvaise, capricieuse, et mordait. Les labours de printemps n'ont pas été facile, avec cette bête, et j'ai eu peur bien souvent en la guidant devant la charrue. Mais nous n'avions pas le choix, car le travail n'attendait pas et nous ne pouvions éternellement compter sur le voisin, qui était certes un brave homme mais qui avait besoin de son cheval. Comme il ne nous restait plus beaucoup de sous, après cet achat, nous avons semé des légumes pour ne plus avoir à en acheter à partir de l'été.

En mai, je crois, ou à la fin d'avril, Victorine et Aline sont venues me chercher, un soir, en m'annonçant que Louise était morte. Pour l'avoir vue peu de temps auparavant bien fatiguée, je n'en ai pas vraiment été surprise, mais j'ai été bien malheureuse. Cette femme qui avait si bien remplacé ma vraie mère, je l'avais toujours vue s'occuper des enfants, les siens ou ceux des autres, sans jamais faire de différence. Pauvre Louise ! Combien de fois elle m'avait prise dans ses bras quand les journées, pourtant, ne comptaient pas assez d'heures pour elle ! Et que sa chaleur m'avait été précieuse maintes et maintes fois !

Quand je suis arrivée, ce soir-là, et que j'ai vu son visage calme, détendu pour la première fois, j'ai pensé qu'elle allait enfin se reposer. Et je me suis sentie soudain presque heureuse — mon Dieu, qu'est-ce que je dis là ? Mais c'est vrai que de la voir enfin au repos m'a soulagée d'avoir contribué à augmenter cette grande fatigue que je lisais sur son visage depuis de nombreuses années.

Il ne m'a pas été difficile de veiller une dernière nuit près d'elle, elle qui en avait tant passé près de moi lorsque je souffrais de ces maladies d'enfants que savent si bien guérir les baisers d'une mère. Et pourtant je l'avais toujours appelée Louise et, devant les étrangers, « ma tante ». N'en avait-elle pas souffert, elle qui ne savait pas se plaindre ? Comme j'ai regretté, ce soir-là, de n'avoir pas été capable de l'appeler « maman », de ne pas me douter qu'elle l'espérait, sûrement, quand elle me prenait dans ses bras et qu'elle me chantait l'une de ces comptines qui consolent de tout ! J'aurais voulu cette nuit-là me trouver seule avec elle pour lui dire tout cela, mais c'étaient treize frères et sœurs qui, dans cette chambre sombre, étaient réunis pour un dernier adieu.

Nous l'avons conduite près de mon père par un de ces après-midi de mai qui annoncent déjà l'été. Rien ne parlait de la mort, ce jour-là, ni les oiseaux, ni le ciel, ni le soleil qui me faisait fermer les yeux et rêver à l'église qui nous attendait, là-bas, à côté de l'école où Louise m'avait emmenée pour la première fois. Que je l'avais aimée, cette femme ! Et que je regrettais de n'avoir pas vécu plus longtemps près d'elle ! Dans le petit cimetière entouré de noyers et d'arbres fruitiers, tandis que les hommes de la famille faisaient descendre le cercueil dans le caveau où reposait mon père, je me suis demandé si nos morts nous voyaient, tous ainsi réunis pour leur rendre hommage, et s'ils en étaient heureux. Il m'a semblé entendre près de mon oreille une voix qui murmurait : « Oui, pitioune, nous sommes là. »

C'est depuis ce jour que je n'ai jamais laissé passer un mois sans aller, le dimanche, fleurir la tombe des miens et parler avec eux. Certes, je suis sûre qu'ils ne sont pas dans ces cercueils de sapin où leurs corps ont été enfermés, mais je crois que c'est dans les cimetières qu'ils viennent le plus facilement à notre rencontre, depuis les bras du bon Dieu où ils se tiennent d'ordinaire, souriants. C'est ainsi : je vois toujours mes disparus en train de sourire, en paix, comme s'ils étaient délivrés des misères de ce bas monde qui, parfois, nous rendent la vie si difficile.

Je me suis dit ce jour-là que je n'avais plus de parents. Élie non plus, d'ailleurs, et depuis plus longtemps que moi. C'étaient nous qui étions désormais le plus proches de la tombe, mais comme elle me paraissait loin, à ce moment de ma vie ! Je ne savais pas que le temps s'accélère au fur et à mesure que nous vieillissons, car c'est en voyant grandir ses enfants que l'on mesure le mieux le nombre d'années qui ont coulé depuis le jour où on les a mis au monde.

A cette époque-là, les miens ne m'avaient pas encore poussée vers la vieillesse. Je les revois, le soir, tous les trois, devant la cheminée, quand ils faisaient leur prière. J'attendais qu'Élie soit sorti pour fermer les bêtes, car il n'avait jamais eu beaucoup de religion, et encore moins depuis la guerre. Il lui arrivait de jurer, souvent, et les « miladious », les « troupels de curés » n'étaient pas rares dans sa bouche. Je me disais que ce n'était pas de sa faute et j'ajoutais une prière pour lui tout seul. La vérité, c'est qu'il n'avait sans doute pas bien mesuré la difficulté de travailler la terre sans disposer de toutes ses forces et sans matériel. Quant à la pension qu'il touchait, elle ne lui avait pas rendu l'usage de sa main. Aussi, pendant ce premier été, quand il a fallu aller chercher l'eau, en bas du pré, pour les bêtes et pour nous, ça n'a pas été facile. Trois cents mètres de pente raide jusqu'à la source nous ont donné très vite l'habitude de ne pas la gaspiller. Je n'en ai pas négligé pour autant la propreté de mes enfants ni la mienne. Les sœurs B..., pendant de longues années, m'en avaient assez donné le goût, heureusement ! D'ailleurs, même aujourd'hui, alors que les forces me manquent, j'ai gardé des manies de cette époque-là, qui font que je passe beaucoup de temps à ma toilette et que mon mouchoir, quoi qu'il arrive, est toujours parfumé à l'eau de Cologne.

Mais cet été-là, mon Dieu ! Il m'est arrivé d'utiliser l'eau de la salade pour la vaisselle, et c'est plus d'une fois que je suis descendue à la source à la tombée de la nuit afin de pouvoir laver le parquet, une fois mes enfants couchés. Heureusement, Élie connaissait un autre moyen de porter les seaux sans utiliser le « chabalou » : on se servait d'un cerceau fabriqué avec des tiges de feuillard que l'on passait autour de soi et sous lequel on faisait reposer les seaux afin de ne pas renverser d'eau. C'était plus pratique et moins fatigant qu'avec le « chabalou » et j'ai adopté ce cerceau sans regret... Mais c'est égal, cet été m'a paru bien long ! Enfin ! Quand je voyais mes enfants manger, que je n'entendais pas Élie crier, que je m'endormais dans la maison qui m'appartenait, je savais ce que c'était que d'être heureuse.

D'ailleurs, même si nous n'avions pas le temps de nous amuser, il nous est arrivé deux ou trois fois, le dimanche, de penser un peu à nous. Et je garde précieusement en moi le souvenir d'une journée de vacances au bord de la Dordogne, à Vitrac. Ce devait être en 1923 ou 1924, au mois d'août. Nous en avions fait le projet depuis longtemps, mais le travail nous avait toujours retenus. Ce sont les enfants qui nous ont décidés. Car de les voir sans aucune distraction et sans jamais rien nous réclamer, même lorsqu'il fallait se lever à l'aube le dimanche, m'a poussée à convaincre Élie.

Un dimanche matin, donc, de très bonne heure, nous sommes partis en charrette vers Vitrac où les Sarladais se rendaient volontiers chaque été, sur la plage située de l'autre côté du pont, sur la rive gauche. Que la route m'a paru belle, ce matin-là, tandis que nous traversions de grands bois de châtaigniers et que le soleil buvait la rosée goutte à goutte sur l'herbe des fossés ! Jamais la lueur du jour ne m'avait paru si claire, le vert des arbres si lumineux, les oiseaux si agiles que ce matin-là. Même notre Rosalie semblait heureuse de trotter et, pour une fois, se laissait mener sans caprices.

Une fois franchies les collines qui séparent Sarlat de la vallée de la Dordogne, nous avons débouché sur la plaine, et j'ai aperçu Domme dans le lointain, endormie dans une brume bleue. Puis j'ai deviné les peupliers des rives, là-bas, derrière les toits de Vitrac, qui luisaient encore malgré l'heure avancée du matin. Nous avons traversé la Dordogne sur le pont de pierre que le soleil chauffait déjà comme en plein midi, puis nous avons tourné à droite et pris le petit chemin qui menait dans un pré. Nous avons attaché la jument à un frêne, puis nous sommes allés sur la plage. Je n'avais pas vu la Dordogne depuis longtemps et je me suis aperçue qu'elle avait toujours été pour moi l'image du temps libre et du bonheur.

Les deux aînés ont suivi Élie à la pêche car il leur avait promis de leur monter une ligne. Une branche longue et flexible, du fil, un bouchon de liège et une aiguille recourbée ont suffi. Moi, je suis restée avec Abel et nous sommes allés nous promener sur le chemin qui sinuait entre les prés criblés de sauterelles. Les gens ont commencé alors à arriver, qui à pied, qui en charrette, le panier et la serviette au bras, contents de pouvoir passer la journée au bord de l'eau. J'ai déplié une couverture à l'ombre des peupliers et je me suis assise en attendant midi, essayant d'occuper Abel qui était attiré par l'eau, comme tous les enfants. Sur ma gauche la falaise de La-Roque-Gageac, et, plus loin, le château de Beynac dessinaient deux îles blondes dans le bleu du ciel. Que c'était bon de n'avoir rien à faire et de profiter des minutes qui passaient sous le chaud soleil du mois d'août en écoutant le cri des enfants, le frémissement des grands peupliers, le murmure de l'eau qui cascadait, face à moi, sur une gravière !

A midi, nous avons mangé tous les cinq des rillettes, du poulet froid et du fromage en buvant du vin à la bouteille que j'avais pris soin de mettre au frais dans la haie. Ensuite, Élie a fait une sieste dans l'herbe et Abel s'est endormi à côté de lui. Je suis allée rincer nos assiettes dans l'eau puis je me suis allongée près d'eux en savourant ces minutes de repos et de paix. Ce n'était pas grand-chose, certes, je le sais bien, mais ces heures passées dans la fraîcheur de l'ombre, au bord d'une rivière, en compagnie des miens, font partie des meilleurs souvenirs de ma vie. Savoir se contenter de ce que l'on a, apprécier une journée comme celle-là parmi tant d'autres passées à travailler la terre, c'était déjà un grand pas vers le bonheur. Par chance, j'en ai toujours été convaincue. D'où, sans doute, la certitude, solidement ancrée en moi, d'avoir vécu à la place que le bon Dieu m'avait désignée en me faisant venir au monde.

L'après-midi, Clément et Constant sont allés se baigner, Élie a emmené Abel se tremper les pieds, mais moi je ne me suis pas approchée de l'eau. Ces hommes et ces femmes à demi nus me gênaient. Même à Souillac, avant la guerre, on ne se baignait pas si dévêtus. Combien je regrettais, pourtant, de ne pas pouvoir me baigner, moi qui aimais tant l'eau ! Je suis allée me promener le long des haies dans les champs et les prés, puis je me suis assise un moment pour me retrouver seule avec moi. J'avais envie de dire merci, mais je ne savais pas à qui. Comme chaque fois que je restais sans rien faire, je me sentais un peu coupable. Il me semblait que je ne méritais pas de vivre une si belle journée. Je crois bien que j'ai fini par m'endormir un moment, ivre que j'étais de tant de pensées heureuses.

Quand je me suis réveillée, Élie et les enfants me cherchaient. Tous les quatre étaient mouillés des pieds à la tête, et j'ai compris qu'ils avaient chahuté dans l'eau. Ils se sont séchés avec la serviette tout en prenant la collation de quatre heures, puis nous avons marché le long de la Dordogne, plus loin que la plage, en direction de Monfort. Plus tard, beaucoup plus tard, nous sommes repartis dans le soir qui tombait lentement, silencieux, encore éblouis de toute cette lumière du ciel et de l'eau à laquelle nos yeux n'étaient pas habitués.

Pourquoi cette journée est-elle demeurée si présente en moi ? Sans doute parce que nous étions encore ensemble tous les cinq, et en bonne santé, et si contents du peu qui nous était donné. Peut-être aussi parce que j'avais vu rire mes enfants tout le jour. C'est là l'un des seuls vrais plaisirs des mères, je le sais bien aujourd'hui, à près de quatre-vingts ans, au terme de tant d'années passées à ne penser qu'à eux. Et c'étaient eux, en effet, que je regardais sur la route du retour baignée par la fraîcheur du soir, tandis que les hirondelles passaient et repassaient au-dessus de la charrette en une ronde folle. Je songeais que je n'allais plus avoir l'occasion de me distraire de la sorte avant longtemps. Non pas que j'imaginais un malheur, mais je savais que le travail ne nous laisserait pas la moindre journée de répit.

C'est vers cette époque, je crois, que notre voisin, M. F..., est venu nous voir, un soir, juste avant le dîner. C'était lui qui nous avait prêté son cheval quand nous en avions eu besoin, lors de notre arrivée. Il était très âgé, cet homme, et il avait décidé de vendre sa maison et le peu qu'il possédait pour aller se retirer à Sarlat, où il aurait tous les commerces à portée de la main. Comme nous étions ses plus proches voisins, il venait nous proposer d'acheter ses biens. Sa maison, en effet, touchait la nôtre vers l'arrière et ses terres prolongeaient les nôtres vers la route, si bien que les deux propriétés étaient étroitement imbriquées.

Comment aurions-nous pu acheter tout cela ? Nous n'avions pas deux sous d'avance et nous avions besoin de matériel. Quelle nuit nous avons passée, Élie et moi, une fois que ce brave homme a été reparti ! Je nous revois assis de part et d'autre de la table, face à face, remuant et remuant des calculs, des chiffres fous. Nous avions besoin des terres, pas de la maison, mais M. F... ne voulait faire qu'un seul lot, car il craignait de ne rien pouvoir vendre s'il scindait en deux cette modeste propriété. Que pouvions-nous faire ? Nous devions lui donner une réponse avant quinze jours. Passé ce délai, il mettrait tout en vente chez un notaire de Sarlat. Il avait bien compris que nous étions embarrassés, car il est revenu au bout de huit jours pour nous proposer d'acheter en rente viagère, à raison de 500 francs par an et un petit bouquet au passage de l'acte. Nous ne savions pas ce qu'était un bouquet en matière de rente viagère. Il nous l'a expliqué en quelques mots, puis il est reparti en nous disant qu'il nous laissait dix jours pour réfléchir. Pas un de plus. Nous aurions très bien pu nous contenter de vivre avec ce que nous possédions, car nous n'en avions jamais espéré autant. Mais nous savions que si nous n'achetions pas ce qu'on nous proposait, nous risquions de ne jamais posséder plus de terre en un seul tenant. Et nous pensions aussi que nos nouveaux voisins ne seraient peut-être pas aussi serviables que M. F..., avec qui nous avions vécu dans une bonne entente. Il fallait prendre une décision.

— Si nous ne croyons pas en nous, qui le fera ? m'a dit Élie.

Je savais que c'était pour moi le moyen de lui montrer que j'avais confiance dans sa force et dans sa volonté. Je lui ai dit :

— Achetons donc, puisqu'il le faut ! Il en restera toujours quelque chose.

Huit jours plus tard, nous avons signé l'acte chez le notaire et donné toutes nos économies. Fallait-il que nous soyons fous ! Mais désormais tout le petit plateau était à nous. Oh ! ce n'était pas grand-chose et cela ferait rire si j'en indiquais la surface, mais pour nous c'était un vrai domaine qui nous donnait de surcroît la certitude de pouvoir travailler sans avoir à nous déplacer. Quant à la maison, qui était un peu plus grande que la nôtre, il fallait l'arranger avant de l'habiter, ce que nous avons fait pendant l'hiver. Nous avons loué la nôtre à un ouvrier italien célibataire, qui, de temps en temps, nous « donnait la main », et nous avons repris le travail de plus belle, nous échinant du matin jusqu'au soir dans la vigne, le blé, le pré et le jardin dont j'ai commencé à vendre les légumes au marché de Sarlat, le samedi, dès que nous en avons produit à suffisance. Notre carré de blé, agrandi par la nouvelle terre, nous a donné un peu plus de farine, cette belle farine si douce à mes doigts qu'Élie portait à M. E..., le boulanger, qui cuisait un si bon pain. Ainsi, avec les volailles, le cochon, les légumes, le pain, le vin, nous n'avions rien à acheter, et heureusement : nous n'aurions pas pu, car la pension d'Élie suffisait à peine à payer la rente. Seul le commerce des bêtes dans lequel il s'était lancé nous permettait de nous habiller et d'acheter le superflu, lors des foires, notamment celles du 5 juillet et du 6 décembre.

Je m'y rendais volontiers car je retrouvais à ces occasions l'animation que j'avais connue lorsque j'étais à l'auberge, la même odeur de crottin de cheval, aussi, même si, déjà, les voitures automobiles commençaient à rouler sur nos routes. Je crois que je n'oublierai jamais les voyages en charrette d'alors, ces odeurs fortes de chevaux qui ont accompagné mon enfance, pas plus que je n'oublierai les foires de décembre où, après les retrouvailles avec les rues de ma jeunesse, j'achetais de menus cadeaux aux enfants pour la Noël qui approchait. Ce n'était pas grand-chose, certes, mais je les cachais en rentrant, car Élie comprenait mal qu'on puisse dépenser des sous pour le plaisir.

Quand je repense à cette époque de notre vie, je me demande comment nous avons pu vivre de si peu. Il est vrai que c'était le sort commun, à l'époque, et les gens n'avaient pas les mêmes besoins qu'aujourd'hui. C'était sans doute mieux ainsi, car ayant peu d'envies, nous ne connaissions pas la jalousie et peut-être étions-nous aussi plus généreux. Enfin ! je l'espère ! Car je crois que l'envie est l'un des pires maux qui nous guette. Comment, en effet, acheter de nos jours tout ce que l'on trouve dans les magasins ? Dès qu'un besoin est satisfait, un autre le remplace, et le plus souvent on le fait passer pour nécessaire alors qu'il n'est que superflu. Ainsi la course à ce qu'il faut posséder pour être de son temps n'en finit jamais, ce qui, je le crois sincèrement, rend les gens malheureux.

Malgré le travail, nous ne l'étions pas, au contraire, car

nos joies simples ne devaient rien à personne et elles me suffisaient amplement. Ainsi, ce jour de juillet où Clément a été reçu au certificat d'études ! Ce fameux certificat que je n'avais pas pu passer, moi, et qu'il me donnait, en quelque sorte, comme l'un des plus beaux cadeaux que j'aie jamais reçus. Je le revois, ce soir-là, fier et droit au bout du chemin, tandis que je l'attendais, impatiente, mais sûre, pourtant, de son succès. Et après l'avoir serré contre moi sans rien dire, j'ai pris son sourire dans mes mains et, en soufflant comme le font les enfants, je l'ai envoyé vers mon père pour qu'il sache qu'il pouvait se relever, que tout était réparé. Il m'a entendue, j'en suis certaine. Aujourd'hui, je sais que lorsque je le retrouverai, il sera debout et me prendra par le bras pour regarder, au-dessus de nous, les croissants de la lune...

Je crois qu'Élie a été aussi fier que moi de notre fils : c'était la première fois dans notre famille que quelqu'un réussissait au certificat d'études. Nous avons fêté ça, le soir, en débouchant une bouteille de cidre que nous avions fait avec les pommes qu'Élie avait échangées contre des châtaignes. Mais nous n'avions pas envisagé que Clément continue les études. Il n'en a même pas été question. Nous avions trop de travail à la Brande : il allait pouvoir aider son père qui n'attendait que cela. J'ai eu un peu peur pour mon fils parce que je savais qu'Élie était capable de toutes les colères, mais comment faire autrement ? Je le voyais tellement s'échiner la semaine, que, finalement, j'ai été bien soulagée de savoir qu'il ne serait plus seul au travail. J'ai seulement fait en sorte de protéger Clément de cette violence — du moins dans les mots — qu'Élie, certains jours, ne contrôlait plus, ou à peine. C'était d'ailleurs, dans bien des foyers, l'une des tâches les plus importantes des mères que de garantir la paix en se portant le plus souvent possible entre le père et les enfants. Et tout ce que mon fils n'osait dire, c'est moi qui le disais en choisissant le bon moment, calmement, doucement, jusqu'à ce qu'Élie m'écoute.

Les jours et les mois ont passé, semblables aux autres, excepté le fait que nous avons travaillé avec six bras et non plus quatre. Puis, comme la vigne qui prolongeait la nôtre était en vente au bord de la route de Temniac, nous avons réussi à l'acheter dans l'espoir de vendre un peu de vin, ce qui a été possible dès le mois de novembre de l'année qui a suivi. Peut-être ai-je l'air de dire que nous achetions beaucoup de terres, mais il suffira de savoir qu'ajoutées les unes aux autres elles dépassaient à peine deux hectares pour comprendre comment nous vivions vraiment. Plus que d'une véritable propriété, on le voit, il s'agissait de quelques parcelles à peine plus grandes que trois ou quatre jardins.

Notre deuxième fils, Constant, n'aimait pas l'école il en est sorti en 1927 sans le certificat d'études. Lui aussi pouvait désormais nous aider. Nous avons alors pensé qu'il était temps de trouver un métier à Clément, et ça n'a pas été trop difficile. Élie, en effet, connaissait un maçon qui s'appelait Joseph N..., avec qui il avait travaillé avant la guerre. Il lui a demandé tout simplement s'il ne voulait pas enseigner le métier à notre fils à qui l'activité de maçon plaisait bien. Ce Joseph N..., qui était un homme placide, débonnaire et toujours prêt à rendre service, a accepté tout de suite. Il faut bien dire qu'à cette époque-là, les choses se réglaient plus facilement qu'aujourd'hui. Peut-être parce qu'on était moins exigeant, mais surtout parce qu'elles se décidaient entre gens de connaissance qui s'estimaient et n'hésitaient pas à se rendre service. Ce serait d'ailleurs la même chose pour Constant, trois ans plus tard, que ce Joseph N... allait embaucher, car il était très content de Clément et avait commencé à lui donner quelques sous.

Ainsi, déjà, sans que j'y prenne garde, deux de mes enfants avaient quitté la maison. Heureusement, ils revenaient coucher et je les avais près de moi le dimanche. Ce jour-là, qui aurait dû être un jour de repos puisqu'ils travaillaient durement la semaine, ils aidaient leur père à faire ce à quoi il n'était pas arrivé tout seul. C'était normal à l'époque, et aucun d'eux n'y a jamais trouvé à redire. A peine si, en été, quand les grands travaux étaient terminés, ils partaient une heure ou deux à Sarlat à bicyclette, d'où ils revenaient souriants, le soir venu, contents d'avoir passé un peu de bon temps avant de reprendre le travail le lendemain matin.

Quelquefois je me demandais s'ils n'auraient pas mérité un peu plus de distractions, mes garçons, mais je n'ai jamais osé en parler à Élie. Lui comme moi, nous ne savions pas ce qu'étaient les dimanches, et nous ne connaissions que le travail. C'est égal, en les voyant grandir, devenir des hommes, il me semblait pourtant que quelques jours auparavant je les portais encore dans mes bras.

7

Abel avait dix ans, en cette année 1930, lorsqu'il est tombé gravement malade d'une broncho-pneumonie. Je n'ai jamais su comment il avait pris froid de la sorte, mais ce que je n'ai jamais oublié, c'est qu'en vingt-quatre heures la fièvre est montée à plus de quarante. Dans la soirée, il s'est mis à délirer et j'ai passé la nuit à prier près de lui, avec en moi le pressentiment qu'il allait mourir. Pendant les deux jours qui ont suivi cette terrible nuit, M. G..., notre médecin, est venu en visite toutes les trois heures, mais je voyais bien qu'il ne savait plus quoi faire.

Et pourtant Noël approchait, ce Noël que j'attendais tant chaque année. Je me souviens que j'essayais d'éloigner ses frères, le soir, de peur qu'il ne s'agisse d'une maladie contagieuse, car le médecin ne savait plus quoi dire. Ni les ventouses, ni les médicaments qu'il m'avait donnés ne faisaient de l'effet. Je réchauffais mon fils de mon mieux avec des bouillottes, des briques chaudes, parce que je ne pouvais rester sans rien faire et que je le voyais s'en aller.

Un soir, l'avant-veille de Noël, je me souviens d'être allée chercher Clément et Constant qui étaient chez leurs amis C..., au-dessus du tunnel de la voie ferrée, bien décidée à ne pas pleurer devant eux mais persuadée d'avoir à les préparer à l'idée de perdre leur frère. Il faisait froid dans mon cœur autant que dans les champs et les vignes. Je me revois leur parlant sur le chemin du retour, de tout, de rien, mais incapable de leur avouer quoi que ce soit. Mais je crois bien qu'ils savaient et qu'ils se préparaient eux aussi, sans rien dire. Comme j'ai prié, cette nuit-là ! Je suis même partie seule dans la nuit, quand tout le monde a été couché, à l'église de Temniac. Je ne sentais même pas le froid. Je promettais des tas de choses au bon Dieu, notamment de me rendre en pèlerinage à Lourdes, de jeûner trois jours par semaine, de ne plus jamais manquer la messe du dimanche, enfin ces sortes de marchés dans lesquels on peut tout sacrifier à l'espoir que son enfant guérisse. Je suis restée longtemps dans l'église. Très longtemps. Le silence glacial, sous les voûtes, m'avait transportée ailleurs, très loin, en un lieu où je repars quelquefois, aujourd'hui, les jours où le mal qui me mine m'éloigne des vivants. Quand je me suis réveillée, je ne savais plus où j'étais. Il m'a fallu un long moment pour me souvenir. Je me rappelle mon retour : j'avais si peur, j'avais si froid que je courais sur la route gelée. Quand je suis arrivée, Élie était assis près du lit.

— Je crois qu'il est mort, m'a-t-il dit.

Je me suis précipitée, j'ai soulevé mon fils brûlant de fièvre dans mes bras, et, en approchant ma joue de sa bouche, j'ai senti un souffle léger contre ma peau. Non, il n'était pas mort, mais ça n'allait pas tarder si l'on ne faisait rien, j'ai supplié Élie d'aller chercher M. G..., et puis j'ai attendu, seule, priant dans l'obscurité, si proche du bon Dieu qu'il me semblait de temps en temps sentir sa main sur mon épaule. Ce sont là les minutes et les heures qui ont le plus compté dans ma vie, je le sais, j'en suis sûre. Et pourtant je ne me suis jamais bien rappelé ce qui s'était passé. J'étais ailleurs, très loin, et mon fils marchait derrière moi sur une route déserte qui passait entre des grands arbres que je ne connaissais pas. Il me semble me souvenir qu'à un moment donné j'ai aperçu une lumière très vive de l'autre côté des arbres et que je me suis dirigée dans sa direction. Quand je suis arrivée près d'elle, mon fils s'y trouvait déjà. C'est tout ce que je me rappelle, et c'est peu, car je suis restée longtemps seule. Élie et le médecin ne sont rentrés que vers cinq heures, car M. G... était allé soigner une femme du côté de Salignac. D'abord il n'a rien dit et il a longuement examiné mon fils, puis il s'est enfin retourné vers moi et a murmuré :

— Je vais essayer une dernière chose, madame Signol, sinon votre enfant sera mort demain.

Je lui ai répondu de faire ce qu'il voulait, mais très vite, car je sentais moi aussi qu'Abel était perdu. Il a ajouté :

— Notre dernière chance, c'est un abcès de fixation. Ne vous effrayez pas si vous voyez du sang.

Et je l'ai vu ouvrir la cuisse de mon fils avec une sorte de scalpel, essuyer le sang, verser un produit d'un vert sale sur la plaie, poser par-dessus un léger pansement de gaze.

— Demain nous saurons, a-t-il dit avant de repartir.

Et il a ajouté avant de s'en aller :

— Essayez de dormir un peu ; de toute façon ni vous ni moi ne pouvons plus rien pour lui.

Dormir ? Quand mon enfant allait peut-être mourir ? Je n'y ai pas songé une seconde. Abel était celui de mes enfants sur lequel, sans doute, j'avais le plus veillé depuis sa naissance dans les Ardennes. Je me suis assise à côté du lit et je lui ai tenu la main jusqu'à l'aube. Je ne la lui ai pas lâchée une seconde. A neuf heures, le médecin est revenu. Cher M. G... ! je n'ai jamais oublié son regard, ce matin-là, lorsqu'il s'est retourné vers moi après avoir enlevé le pansement et qu'il m'a dit :

— Je crois qu'il a pris. Tenez ! Regardez !

La plaie, assez large, était très laide, boursouflée, presque violette, mais je ne comprenais pas comment elle allait pouvoir guérir mon fils.

— La partie n'est pas gagnée, mais s'il coule, l'infection s'en ira par là, a dit M. G...

C'est ce qui s'est passé. Oh ! il nous en a encore fallu des heures de patience et des nuits de veille, mais le mal est parti par là comme l'avait prédit le médecin, et la fièvre est tombée peu à peu. Le bon Dieu m'avait entendue et avait décidé de m'épargner l'épreuve de la mort d'un enfant. Pourtant je ne suis jamais allée à Lourdes, au contraire de ce que j'avais promis. C'est le grand regret de ma vie. En charrette, il n'y fallait pas songer, c'était trop loin, et, plus tard, quand mes enfants ont eu des automobiles, je n'ai jamais pu supporter d'y monter. Au bout d'un kilomètre, je suis malade et j'ai le cœur au bord des lèvres. C'est ainsi ; je n'y puis rien. Mais chaque fois qu'une personne de ma connaissance y est allée, je lui ai demandé de me ramener quelques bouteilles d'eau bénite que j'ai bues en jeûnant pendant un jour ou deux. Quant à mes autres promesses, je n'ai jamais manqué d'aller à la messe à Temniac chaque dimanche, pas plus que je n'ai manqué le pèlerinage du 8 septembre, autour de l'église et dans les rues, derrière la Sainte Vierge posée sur un dais jaune et bleu.

Abel guéri, j'ai mis du temps à m'en remettre : j'avais eu si peur ! Il a bien fallu, pourtant, car le travail n'attendait pas et nous avions toujours très peu de matériel. Pour les autres travaux, passe encore ! Mais pour faner notre pré en pente, quelle affaire ! On mettait deux jours à le faucher, parfois autant à faire sécher le foin, et ensuite il fallait le rentrer sans pouvoir se servir du cheval et de la charrette qui risquait de se renverser. Je revois Élie se passer une corde par-dessus l'épaule afin de tenir les barres de bois sur lesquelles était entassé le foin et j'entends encore sa respiration saccadée, tandis qu'il montait vers la grange, et que les enfants et moi nous l'aidions de notre mieux.

Pour les moissons, c'était la faucille qu'il s'attachait à la main droite, et il finissait ses journées défiguré par la douleur. De même avec le fléau, dans la cour, lorsque nous battions nos quelques sacs de blé qui allaient nous donner la farine nécessaire à notre pain de l'année. Ensuite, c'est moi qui me chargeais de ventiler le blé avec le « ventadou ». Les enfants me relayaient à tour de rôle. Élie, lui, ayant fait le plus gros, laissait reposer sa main.

Mais le pire, je crois, c'étaient les vendanges. Car il fallait descendre les comportes pour les nettoyer à la fontaine et les remonter ensuite, à moitié pleines d'eau, à l'aide de deux barres glissées sous les anses. Il n'a jamais été possible de descendre avec le cheval attelé. C'était trop dangereux. Je voyais chaque année arriver octobre avec appréhension et il me tardait que le raisin fermente dans la grande cuve : c'était la fin des grands travaux et nous allions pouvoir nous reposer un peu, si toutefois ce mot avait un sens à l'époque.

Je préférais de beaucoup voir partir Élie aux foires de

Gramat pour acheter les bouvillons que nous revendrions six mois plus tard après les avoir engraissés. Élie s'y rendait à pied et revenait de même, poussant son petit troupeau devant lui. Plus de cinquante kilomètres à l'aller et autant au retour. Il repartait à deux heures de l'après-midi et arrivait à la Brande vers minuit. C'était à coup sûr de l'argent frais puisque nous avions du foin pour tout l'hiver. Et de savoir ces bêtes dans la grange, chaque fois que j'y pensais, me rassurait.

Quelquefois aussi Élie allait aux foires de Salignac. Toujours à pied, bien sûr. Mais c'était normal à l'époque. Tout le monde à la campagne avait l'habitude de marcher. Et de couvrir tant de kilomètres ne lui faisait pas peur, surtout quand il revenait de vendre le bétail. Dans les jours qui suivaient son retour, alors, il lui arrivait de s'asseoir à table, à côté d'Abel, et de lui demander de compter nos sous — Élie savait seulement compter sur ses doigts, selon une manière qu'il avait apprise lui-même, ce qui le gênait beaucoup dans les foires. Je les revois tous les deux, ces soirs-là, face à moi, tandis que je tricotais en entendant tomber les pièces sur la table. Les billets ne venaient qu'ensuite. Abel ne se pressait pas, faisait durer le plaisir de son père. A la fin, Élie, qui ne l'avait pas quitté des yeux, demandait :

— Alors ?

Abel lançait un chiffre et il se faisait alors dans la cuisine un grand silence. Élie était content de savoir que nous avions quelques sous d'avance et que nous ne risquions rien. L'hiver pouvait arriver. Son visage perdait alors son masque dur, et ses yeux leur lueur des mauvais jours. Je le retrouvais comme au temps de l'auberge où je l'avais connu, avant la guerre, et il me semblait qu'il était resté le même. C'était merveilleux. Je n'avais envie de rien d'autre que de les voir, maintenant silencieux, à côté de moi, dans cette paix qui s'était installée parmi nous, à l'approche de l'hiver. D'ailleurs, j'ai toujours aimé ma maison et les grandes flambées dans le cantou. Je me suis toujours sentie là dans une grande sécurité. Et j'ai tenu à perpétuer les veillées, même si Élie n'y tenait pas beaucoup. A la Brande, à cette époque, on n'écalait pas les noix — nous n'avions pas de noyers —, mais on égrenait le maïs ou on faisait blanchir les châtaignes avec nos plus proches voisins, tantôt chez l'un, tantôt chez l'autre. C'est le souvenir le plus chaud qui me reste de ce temps-là. Je n'avais plus peur, alors, de Bernicou, du « loubérou » ou des ombres du plafond. Je me sentais tout entière à mon affaire au milieu des miens, de nos terres, des voisins et des amis, à ma place dans l'ordre du monde et de l'univers.

En novembre, j'avais pris l'habitude de gaver des oies de manière à pouvoir faire des confits, des abats, des cous farcis, des pots de graisse, et de délicieux grillons dont on se régalait jusqu'au printemps. Je n'aimais pas beaucoup gaver ces pauvres bêtes, mais c'était là une coutume bien établie chez nous : de tout temps j'avais vu Louise ou Victorine agir de la sorte et j'avais appris en les regardant. Je prenais grand soin de ne pas les blesser en leur enfonçant l'entonnoir dans le bec et je leur parlais tout en faisant descendre les grains de maïs dans le jabot. Venait le moment où il fallait les tuer. C'est Élie qui s'en chargeait. Moi, je me contentais de leur ouvrir le ventre pour découvrir le foie et de les découper ensuite, avant de me lancer dans la cuisine. Nous mangions à Noël les premiers confits, avec les cèpes que nous avions ramassés en automne dans les bois de

Loubéjac et que j'avais mis en conserve. Nous étions heureux et nous n'avions pas le temps de nous en rendre compte. Nous n'entendions pas encore parler de cet Hitler qui allait mettre le feu au monde entier. Rien ne venait menacer notre vie de tous les jours. Mais sait-on jamais quand on vit le meilleur de sa vie ?

A la rentrée de 1932, Abel, qui avait été reçu au certificat d'études en juillet, était entré au cours supérieur du collège La Boétie de Sarlat. Comme nos deux aînés nous aidaient beaucoup et que nous vivions mieux, nous avions décidé de laisser Abel à l'école. J'étais fière de pouvoir lui donner un peu plus d'instruction, et Élie aussi, je crois, même s'il ne le montrait pas. Abel était un garçon un peu secret mais dévoué et volontaire. Il continuait à nous aider le soir au détriment de ses devoirs, le pauvre, et surtout le samedi et le dimanche. Malgré ce manque de temps, il apprenait bien. Que j'aimais le voir travailler sur la table de la cuisine, tandis que je préparais la soupe ! Et comme j'aurais voulu être à sa place ! Le comprenait-il ? Sans doute, puisqu'il m'expliquait ce qu'il faisait, comme s'il voulait me faire participer à ces études qui m'avaient été interdites. Je le lui avais expliqué, un soir, lorsque nous étions seuls, en attendant Élie.

Cette époque a été celle dont je garde le meilleur souvenir. Même Élie avait réappris à sourire. Selon les coutumes des villages de chez nous, il avait trouvé des châffres (des surnoms), à tous nos voisins et nous en riions, souvent, à table, quand il lançait un nom tout à trac. C'était des « Ferra mouquo » (ferre-mouche), « Na dé béri » (nez de bélier), « Roubillié » (rouquin), « Rapiéto » (rapiette), et tant d'autres dont je ne me souviens plus mais qui nous faisaient bien rire, quoique sans la moindre méchanceté. Ah ! ces années 1931-1934 ! Rien que du bonheur. Du soleil aussi, comme cet été (33, sans doute) où nous sommes allés à la fête du 15 août, à Beynac. On ne parlait plus de frairies, alors, mais de fêtes votives (les « botos »). Il y en avait tout l'été : à Vitrac, à Daglan, Vézac, Marquay et à bien d'autres endroits. Nous n'y allions guère. Pourquoi sommes-nous allés à Beynac, ce 15 août-là, je ne m'en souviens pas, mais ce dont je me souviens, c'est de la couleur du ciel, si bleu, si lumineux, de la chaleur et de cette foule rassemblée entre le château et la Dordogne, des jeux de la jeunesse sur l'eau verte et de cette grande paix qui, ce jour-là, m'a paru proche de la paix éternelle de l'Évangile. J'ai un peu honte de dire ça, moi qui suis si croyante, mais c'est vrai que, ce jour-là, il m'a semblé que le soleil ne se coucherait jamais et que la terre et l'eau avaient vraiment été créées pour ces hommes et ces femmes qui riaient, s'amusaient follement. Et moi j'étais simplement heureuse de me trouver là, parmi mes semblables, dans la belle lumière du mois d'août, comme je l'avais été à Vitrac, il y avait déjà longtemps.

Avec Élie et Abel, nous sommes montés sur une « nau » (une sorte de bac), et nous avons traversé, comme beaucoup, pour aller dans les champs et les prés. De l'autre côté, nous avons mangé la collation de quatre heures à l'ombre des frênes, puis Abel est allé s'amuser avec un garçon de son âge, un peu plus loin. Nous sommes restés seuls, Élie et moi, assis dans l'herbe l'un près de l'autre, ce qui ne nous arrivait jamais, sinon les soirs d'été, parfois, avant d'aller nous coucher. On entendait des cris sur la Dordogne, ceux des garçons qui tombaient à l'eau au cours des joutes, et ceux des hommes qui jouaient au rampeau [1] là-bas, de l'autre côté, sur la place de Beynac. Comme la guerre me paraissait loin, très loin, et que la caresse du vent dans mes cheveux était douce, cet après-midi-là !

Plus tard, nous avons pris une sorte de gabare [2] qui emmenait les gens en promenade en direction des Milandes. A peine un quart d'heure à la descente, mais presque une heure à la remonte. Malgré la chaleur, il faisait frais le long des rives sur lesquelles les peupliers tremblaient avec des soupirs. Les gens s'apostrophaient d'un bateau à l'autre, essayaient de s'asperger, et parfois un homme plongeait dans les eaux fraîches, provoquant un roulis qui menaçait de faire chavirer le bateau. Quelle peur j'avais ! Mais je n'aurais donné ma place à personne.

Nous avons mis longtemps à remonter, car ceux qui ramaient cherchaient les calmes, le long des rives, et nous nous sommes arrêtés à plusieurs reprises. Une fois à Beynac, nous avons bu de la limonade au café pendant qu'Abel montait sur les manèges. Quand nous sommes repartis vers Sarlat, ce soir-là, il était tard, si tard que la nuit nous a surpris en route. Et quelle nuit ! Pleine d'étoiles filantes comme souvent au mois d'août, d'éclairs de chaleur, de murmures d'arbres et de parfums d'herbe humide. La vie. La vraie vie. Chaude comme un chat qui dort. J'ai gardé longtemps, blotti en moi, le souvenir de cette journée, de cette nuit, et même aujourd'hui, le fait d'en parler réveille en moi une grande douceur.

Oui, c'est vrai, c'était une époque bénie, même si on

---

1. Jeu de quilles.
2. Bateau à fond plat.

commençait à entendre parler de la crise économique. Car, dans les campagnes, ceux qui, comme nous, se contentaient de peu en vivant sur leur petite propriété, ne manquaient de rien. Du reste, je n'avais pas de mal à vendre mes légumes au marché et nous n'achetions pas grand-chose. Pour compléter notre garde-manger, je m'étais mise à faire des confitures : de prunes, de pommes, de coings, d'abricots et de je ne sais quoi encore. J'en avais toujours eu envie, depuis que j'avais vu Louise se pencher sur la grande marmite de cuivre qui sentait si bon les fruits chauds. Ah ! faire couler de la confiture tiède de reines-claudes sur un morceau de pain à grosse croûte et croquer là-dedans à pleines dents ! Qu'y a-t-il de meilleur au monde ? J'ai toujours aimé ce qui existe de plus simple. Et je me régalais aussi — car c'est vrai que je suis gourmande — d'une pomme cuite dans la braise et sucrée préalablement, de tartes dont la pâte molle fondait dans ma bouche, d'un quartier d'oie froid au petit déjeuner, ou tout simplement d'un peu de beurre salé sur du pain de tourte. En hiver, dès que le mauvais temps me retenait à l'intérieur, je faisais sauter des crêpes ou je cuisais des cajasses de farine de maïs dont je ne me rassasiais pas. Avec la soupe de légumes entiers, c'était notre repas du soir. Et je dois bien avouer qu'en revenant du marché, il m'arrivait de m'arrêter à la pâtisserie V... et d'acheter des miettes de gâteaux qu'on vendait en paquets et qui coûtaient trois sous. Je m'efforçais de ne goûter que les bons côtés de la vie et de ne pas penser aux autres. J'avais bien raison, je m'en suis aperçue par la suite.

L'année 1934 est arrivée et j'ai compris qu'elle allait marquer la fin de cette vie-là, quand Clément a reçu sa feuille de départ pour Dijon. Nous avions vécu ensemble, Élie, les enfants et moi, et nous avions mangé chaque soir à la même table. Une brèche s'ouvrait dans ma famille. La première. Pas bien grave, certes, mais je savais que rien ne serait plus jamais comme avant. C'était aussi deux bras de moins. Et ce que je redoutais est arrivé : Élie a décidé qu'Abel quitterait le cours complémentaire au mois de juillet. J'ai été malheureuse mais je n'en ai rien dit. Comment aurions-nous pu faire autrement ? Par bonheur, il m'a semblé que mon fils n'en était pas mécontent. Il n'a pas protesté le moins du monde. Il est vrai que ce n'était pas l'habitude, alors, pour les enfants de discuter les décisions de leurs parents. Mais je ne suis pas sûre qu'il ne serait pas resté à l'école plus longtemps si j'étais intervenue auprès d'Élie. Je n'ai pas osé, et je le regrette. Car les difficultés de l'heure nous obligeaient à travailler davantage pour acheter le moins possible. Et comme nous faisions venir des pommes de terre, du maïs, de l'orge, quelques betteraves et des topinambours pour les bêtes, les journées, de nouveau, ne comptaient pas assez d'heures pour venir à bout de tout ce travail.

C'est je crois vers cette époque qu'Élie (qui n'avait aucune religion et sacrait constamment) s'est lié d'amitié avec le curé de Temniac. Matin et soir, ce curé passait sur la route qui longe notre vigne en allant de Sarlat au village, et je n'ai jamais su qui a adressé la parole à l'autre le premier. Il n'en reste pas moins qu'ils se sont parlé, sans doute à propos du travail de la vigne. Car ce vieux curé, comme beaucoup à l'époque, était né dans une ferme et connaissait le travail des champs. Il était de taille moyenne, avec des cheveux déjà tout blancs et des yeux très noirs, et parlait calmement, lentement, avec une grande douceur. Tout le contraire d'Élie. Et pourtant, un soir, il me l'a ramené pour manger la soupe. J'en ai été bien contente et pas vraiment surprise. Quelques années auparavant, en effet, il était rentré un dimanche soir avec l'institutrice d'Abel qu'il avait rencontrée sur la même route, alors qu'elle revenait vers Temniac, au retour de sa visite dominicale à sa famille, dans la basse Dordogne. J'avais été fière de la faire asseoir à notre table et d'écouter les compliments qu'elle adressait à nos enfants. Elle ne se doutait pas de l'honneur qu'elle nous faisait en acceptant de partager notre repas. Pour Élie comme pour moi, il fallait témoigner du respect à ceux qui détenaient le savoir. C'est le propre de ceux qui n'ont pas d'instruction que de raisonner ainsi. C'est égal, je sais aujourd'hui que l'instruction n'est pas toujours la garantie de l'honnêteté, mais c'est vrai qu'on a toujours tendance à admirer ceux qui possèdent ce qu'on ne possédera jamais.

Ce n'est pas cette institutrice qui me fait parler de la sorte. Certes non. Son honnêteté n'avait d'égale que sa gentillesse. Son dévouement et sa probité étaient remarquables, comme c'était bien souvent le cas pour les instituteurs de l'époque, qui faisaient de leur métier un véritable apostolat. Nous avons été très heureux, quelques années plus tard, d'apprendre qu'elle se mariait avec M. D..., cet instituteur qui avait tant fait pour nos enfants, lui aussi, et qui venait chasser, parfois, le dimanche, à la Brande, et ne repartait jamais sans boire un verre dans notre modeste maison... Quand nous avions fini de souper, ces dimanches-là, Abel raccompagnait son institutrice jusqu'à Temniac avec une lampe, et j'étais heureuse de savoir qu'elle l'aimait et que grâce à elle, peut-être, il irait loin dans les études.

Avec notre curé, la conversation était évidemment différente. Elle portait surtout sur le travail de la terre, mais aussi sur la politique. Élie s'y intéressait depuis qu'on entendait parler d'un certain Hitler en Allemagne. Il ne cessait de poser des questions au curé qui se grattait le front avant de répondre, ses grands yeux noirs posés sur nous, de cette voix calme et douce dont il ne se départait jamais, même durant ses prêches. Il ne se plaignait pas de ses trajets quotidiens entre Sarlat et Temniac : plus de deux kilomètres à pied à l'aller et autant au retour. Cela lui permettait de parler aux gens de rencontre, car il avait le goût de la parole et en usait avec plaisir. J'avais toujours un peu peur qu'ils en viennent un jour à parler de religion, mais ni l'un ni l'autre ne s'aventurait dans ce domaine. Je pense qu'ils avaient dû passer un marché sans se l'avouer et je savais qu'Élie était heureux quand il poussait la porte en disant :

— Regarde qui je t'amène !

Et moi j'étais contente de servir la soupe à notre invité et de le voir manger avec appétit, car c'est quand on a manqué de tout, qu'on a connu la faim, qu'on prend le plus de plaisir à voir manger quelqu'un, même s'il s'agit d'un étranger. En tout cas, moi, je suis comme ça. Et Élie aussi, je crois. C'est la raison pour laquelle il m'est arrivé de penser souvent à l'homme qu'il aurait été s'il n'avait pas été blessé à la guerre. Et de cela j'en ai un peu voulu au bon Dieu. Aujourd'hui, ce n'est plus pareil. Je me dis que j'ai eu bien de la chance de l'avoir gardé en vie près de moi si longtemps, alors que tant de femmes se sont retrouvées seules...

Il est souvent venu chez nous, ce vieux curé que j'aimais beaucoup pour son indulgence et le souci qu'il prenait du sort de son prochain. Je ne me souviens pas de la date exacte de sa mort. Il me semble au contraire qu'il nous a longtemps accompagnés, Élie et moi, sur la route de notre vie. Du reste, même quand il nous a quittés, sa présence n'a pas cessé d'éclairer notre maison où, aujourd'hui encore, parfois, j'entends ses mots pleins de sagesse.

Je ne pense pas avoir songé à faire appel à lui pour convaincre Élie de laisser Abel à l'école. Non, je ne crois pas. Car j'avais trop vu Élie souffrir en tenant les outils et je l'avais trop entendu crier sa souffrance. C'est finalement sans que nous en parlions que notre fils s'est retrouvé à plein temps avec nous cet automne-là. Je me suis consolée en l'ayant tout à moi au lieu de le voir partir chaque matin à bicyclette vers Sarlat. Et nous avons passé de longues et belles journées seuls dans les bois de Loubéjac où nous ramassions toujours les châtaignes « à moitié », car Élie nous emmenait le matin et venait nous rechercher le soir. Il s'occupait, lui, de la Brande, tandis que mon fils et moi faisions provision de châtaignes et de cèpes pour l'hiver.

Dans ces mêmes bois, Élie continuait d'acheter des coupes et ce n'était pas rien que d'abattre les chênes et les châtaigniers, de les débiter, de les scier sur place pour pouvoir les transporter. C'était là que la présence d'Abel nous était bien utile. Il n'avait guère qu'un peu plus de quatorze ans, mais il était vigoureux et dur au mal. Il ne bronchait jamais aux colères de son père. Comme il en avait l'habitude, il faisait comme moi, le gros dos, en attendant que l'orage passe. Une fois le bois coupé, il fallait le transporter en charrette à la Brande, et cela nous prenait presque une semaine. Mais quel plaisir c'était de voir les grosses bûches entassés dans la remise à l'entrée de l'hiver ! J'en sentais déjà la chaleur en moi rien que de les regarder.

Comme nous faisions peu de blé, nous n'avions pas suffisamment de paille pour la litière des bêtes et je m'en désolais. Car Élie et Abel partaient seuls couper de la bruyère sur la route de Rivaux, et quand je les voyais s'en aller tous les deux, je craignais pour mon fils que son père ne le traite un peu trop rudement. Il ne s'est pourtant rien passé de grave entre eux, sinon je l'aurais su. D'ailleurs Abel m'a toujours semblé très content de pouvoir nous aider. Rien ne le rebutait, même quand il s'agissait de labourer avec de jeunes bœufs qui n'avaient pas été dressés suffisamment, du fait que nous ne les gardions jamais longtemps. Il fallait donc recommencer un travail de dressage chaque année, ou presque, et je craignais toujours un accident. Il bêchait aussi le jardin où nous faisions pousser les légumes, il sarclait le maïs et les betteraves, il taillait, épamprait, sulfatait la vigne, et il trouvait encore le temps de m'aider, moi, à soigner les bêtes. Ce que ses frères avaient fait avant lui, il trouvait naturel de le faire à son tour et semblait même en être content.

Heureusement, vers cette époque, le matériel et les manières de travailler se sont mis à évoluer. Au lieu de continuer à battre au fléau, nous avons fait venir la batteuse et son équipe, qui, depuis deux ans, passaient déjà dans les fermes des alentours. Il m'a fallu pour cela convaincre Élie qui tenait à travailler seul. Je crois qu'il avait peur qu'on le pense incapable de se débrouiller sans l'aide de quelqu'un.

J'ai dû lui promettre de continuer à le laisser moissonner à la faucille, malgré la peine qu'il y prenait. Mais il était ainsi : sa fierté, c'était son travail. Le lui enlever, c'était amputer sa vie de quelque chose d'essentiel, et il n'y fallait pas songer.

C'est vers cette période de ma vie que sont arrivés de grands bouleversements. Je le sentais venir depuis longtemps mais je n'avais pas eu la force de m'y préparer. Dès le retour de Clément, en effet, Abel est parti comme apprenti dans la charcuterie de son oncle, à Sarlat. Il le connaissait bien, car il allait souvent le voir à la sortie des cours, chaque soir, avant de remonter à la Brande, pour faire garnir un « michou » de pain de rillettes ou de pâté. Ce métier lui plaisait davantage que la maçonnerie. Je ne saurais pas dire pourquoi mais c'est ainsi. Je crois qu'Élie l'avait poussé dans cette voie, quand ils travaillaient ensemble, en lui faisant apparaître que ces gens-là mangeaient souvent de la viande. C'était pour lui la garantie que son fils ne manquerait jamais de rien et qu'il vivrait au contraire dans une sorte de luxe, en ayant droit chaque jour à une nourriture qui était interdite à beaucoup. Comment lui en aurais-je voulu ?

Abel est donc parti en me promettant de revenir tous les soirs, ce qu'il a fait jusqu'à la venue de l'hiver. Mais dès que les grands froids sont arrivés, il a couché à Sarlat, chez son patron, et ça a été le début d'une séparation définitive. Dès l'année suivante, en effet, il est parti à Souillac comme commis appointé et il n'est plus revenu, ou peu souvent, son nouveau patron ne lui laissant guère de liberté, même le dimanche. Et puis Clément et Constant se sont mariés, le premier avec Marthe, une jeune fille de Rivaux, le second avec Irène, originaire de Palomières, deux villages voisins de Saint-Quentin. J'en ai été bien heureuse, certes, car les deux jeunes filles venaient de la terre, mais je savais qu'au lendemain de ces mariages j'allais retrouver ma maison vide. C'est ce qui s'est passé : Constant est allé habiter avec sa femme une petite maison au-dessus du tunnel de la voie ferrée, et Clément a emménagé dans celle où nous avions vécu à notre arrivée à la Brande.

Tous mes enfants, déjà, étaient partis. Que cette période de ma vie a été difficile, mon Dieu ! Il me semblait les voir encore près de moi quand ils étaient petits, et c'était hier. Je n'avais pas vu le temps passer. J'avais presque cinquante ans et je croyais encore en avoir trente. C'est alors que j'ai compris combien le travail de chaque jour, en occupant sans cesse nos pensées, nous empêche de retenir ces minutes et ces heures qui s'égrènent sans que nous nous en apercevions. Le jour où nous relevons la tête, il est trop tard. C'est passé. La vie aussi. Faut-il s'en plaindre ? peut-être pas. Cela nous évite de nous poser trop de questions. « C'est le travail qui sauve », disait souvent mon père, et je comprends mieux aujourd'hui, à l'heure où j'attends que tout finisse en ne cessant de penser à ma vie, combien il avait raison.

A cette époque-là, pourtant, j'en ai souffert. Où était-elle ma jeunesse ? Où était le temps où mes enfants se blottissaient contre moi ? Au contraire, Abel s'est éloigné davantage en 1937 en allant travailler à Beyssac, un petit village du Lot, à une vingtaine de kilomètres de Souillac, et je l'ai vu encore moins souvent. En 1938, déjà, j'étais grand-mère. Georges et Marc étaient nés, apportant la joie dans nos foyers et, je l'ai compris très vite, un nouvel essor, une nouvelle vie, peut-être aussi précieuse que la première. C'est peu dire que ces présences m'ont fait du bien. En venant manger avec nous chaque dimanche, en me laissant m'occuper de leurs enfants tout un après-midi, mes fils et leurs femmes m'ont permis de me consoler de mes chambres vides et provoqué en moi un sursaut d'énergie. Le plus dur était passé. J'avais repris espoir et retrouvé le sourire.

Tout aurait été pour le mieux si nous n'avions pas commencé à entendre parler de la guerre. C'est au moment de l'affaire de Munich que j'ai compris que la première n'avait servi de leçon à personne. Élie aussi avait compris. Il entrait dans ces colères noires qui le laissaient sans forces, livide, et tremblant d'une rage d'autant plus terrible qu'il la savait inutile. Il insistait, pourtant, pour qu'on lui lise le journal, ce qui ne faisait qu'accroître sa colère. A ces moments-là, il brandissait sa main sous mes yeux en criant si fort qu'il me faisait peur. Moi, je priais de toutes mes forces en pensant à mes fils qui allaient peut-être partir. Était-il possible que les hommes aient oublié ce qu'ils avaient subi de 1914 à 1918 ? Quand Clément a été rappelé à la fin du mois de juillet, j'ai voulu encore espérer, et jusqu'au dernier moment je me suis refusée à croire ce que j'entendais autour de moi.

La nouvelle de la déclaration de guerre m'a surprise à Sarlat, le 3 septembre. J'y étais allée porter des légumes à l'hôtel de la Madeleine. J'ai appris que tout était perdu dans la traverse, en entendant un homme crier le mot « guerre » par la fenêtre à l'un de ses amis qui habitait en face. Il écoutait sans doute les nouvelles à la radio. J'ai à peine eu la force d'aller livrer mes légumes à l'hôtel. Je suis rentrée lentement vers la Brande en pensant à mon retour, à Souillac, du restaurant où je travaillais à notre petite maison, en août 1914. Je me revois, sur le chemin, poussant ma carriole vide devant moi, avec la sensation que mes jambes n'arriveraient pas à me porter jusque chez moi. Je n'avais qu'une envie : celle d'aller me réfugier dans la maison de mon enfance, là où je n'avais jamais connu le malheur et où mon père savait si bien veiller sur moi. Mais tout cela était loin. Il n'y avait plus devant moi qu'une grande ombre qui s'avançait avec la nuit qui tombait. Il me semblait qu'elle allait nous ensevelir pour toujours.

8

Automne 1939. Je passe mon temps à prier, en travaillant dans les champs, en marchant, en cuisinant, à tout moment dans la journée. Mes deux fils aînés ont été rappelés et je n'ai guère de nouvelles. C'est la « drôle de guerre ». Les armées ne se battent pas, là-haut, dans le Nord, mais je sais que l'explosion peut se produire d'une minute à l'autre. Je m'accroche à l'idée qu'Abel, qui n'a pas encore été appelé, ne partira pas. Et voilà qu'il arrive un jour vers midi, s'assoit à table, face à nous, et nous dit qu'il va s'engager...

J'ai cru ce jour-là que les murs de ma maison s'écroulaient sur moi. Qu'est-ce que j'entendais là, mon Dieu ? Je crois que je lui ai dit :

— Tu ne vas pas faire ça ?

Il a hoché la tête sans répondre. Je me suis alors tournée vers Élie, espérant qu'il allait l'en empêcher. Il n'en a rien fait, et j'ai compris à cet instant que tout ce que je pourrais dire ou faire ne servirait à rien. Il me semble qu'au fond de lui, Élie était reconnaissant à Abel de partir pour se battre contre ceux qui lui avaient infligé sa terrible blessure. C'était comme si son fils reprenait le combat pour le venger. Or, moi, je n'aimais pas cette idée de vengeance. Je ne l'ai jamais aimée, pas plus aujourd'hui qu'hier. Et je savais que les vrais responsables de tous ces malheurs ne mourraient jamais, eux, bien à l'abri qu'ils étaient dans leur bureau ou leur maison. Que pouvais-je faire ? Je n'ai rien dit, une fois de plus, mais que j'ai eu mal pendant tous les jours qui ont suivi !

Abel est donc parti en décembre à Mailly, dans l'Aube, pas très loin de ces Ardennes où nous avions vécu les pires heures de notre vie. L'hiver déjà était là, très froid, et nous étions seuls, Élie et moi, à attendre les nouvelles, bien rares, que nous donnaient Marthe ou Irène. Que cet hiver a été long ! J'allais tous les jours à Sarlat pour essayer de savoir ce qui se passait, là-haut, dans le Nord, mais les gens ne savaient pas grand-chose. Heureusement, nos brus nous amenaient nos petits-enfants que nous gardions, parfois, l'après-midi. Je leur racontais l'histoire du « chasseur et du petit lapin » d'après les images, car, n'en ayant jamais le temps, j'avais perdu l'habitude de lire, et ma vue était devenue bien mauvaise. C'étaient des moments bénis qui me faisaient oublier la guerre. Ils duraient peu, hélas ! Mais d'avoir tenu des enfants sur mes genoux, d'avoir senti leur souffle contre ma joue suffisaient à éclairer mes journées, et je n'en demandais pas davantage.

Le printemps a mis longtemps à venir, cette année-là. Comme j'aurais aimé avoir un poste de TSF pour écouter les nouvelles ! Il me semblait que j'aurais alors été plus près de mes fils et que j'aurais pu veiller sur eux. Mais non : il n'était pas question de dépenser des sous pour un objet de distraction et je n'en ai même pas parlé à Élie. Je commençais à m'habituer et à retrouver l'espoir quand les combats se sont déclenchés, là-haut, au mois de mai, et tout est allé si vite que nous n'avons pas compris ce qui se passait. D'ailleurs nous ne pouvions croire à une si rapide et si brusque débâcle, persuadés que nous étions que la ligne Maginot était infranchissable. Les journaux ne parlaient que d'elle, de la force de nos armées, de la victoire qui était certaine. Il a fallu que l'armistice soit demandé par le maréchal Pétain pour que la vérité nous apparaisse enfin : les Allemands étaient entrés en France en vainqueurs et notre pays était occupé. Dire que j'en ai vraiment été désespérée, ce mois de juin-là, non, ce ne serait pas la vérité. Et je suis sûre que toutes les mères pensaient comme moi et se sentaient soulagées. Mes enfants allaient revenir, la guerre était finie, et, à la Brande, nous n'avions pas vu un seul Allemand. Alors ? Qu'avions-nous à redouter, au juste ? Je me disais que c'était à nos gouvernants, qui savaient si bien décider de la guerre, de prendre en charge le sort de notre pays. Nous n'avions pas entendu un certain général de Gaulle, le 18 juin, mais M. L..., un voisin, en avait parlé à Élie. Ainsi, je me sentais rassurée : la paix était revenue et une petite lampe continuait de briller quelque part. C'était tout ce que je demandais.

Ce n'était évidemment pas le cas d'Élie qui, certains jours, devenait comme fou. Mon Dieu ! Quand je le voyais brandir son fusil et menacer de tirer sur le premier uniforme allemand qu'il rencontrerait, je le retenais de toutes mes forces et je lui parlais longtemps, très longtemps, avant qu'il accepte de poser le fusil. Mais quelle peur, chaque fois ! Je ne vivais plus. J'étais obligée de le surveiller toute la journée et je m'efforçais d'aller à Sarlat à sa place, en devançant le besoin d'engrais, de petit matériel, ou de tout ce qui aurait pu l'obliger à descendre en ville.

Heureusement, l'été est arrivé et Clément, comme mes deux autres fils, a été démobilisé. Je me suis alors sentie moins seule, car je pouvais compter sur lui pour parler à son père. A partir de ce moment-là, j'ai eu un peu moins peur. Et la vie a repris, le travail aussi. C'était maintenant Marthe, la femme de Clément, qui nous aidait pendant la journée. Elle avait toujours travaillé la terre, chez ses parents, et elle s'y entendait pour venir à bout de n'importe quelle tâche, même la plus pénible. Je me suis toujours bien entendue avec elle, et je dois dire qu'elle a toujours été pour moi, à cette époque comme plus tard, quand j'ai vécu dans sa maison, la meilleure des compagnes.

Abel s'est marié en 1941 avec Noémie, une jeune fille dont les parents étaient boulangers dans son petit village du Lot, puis, très vite, d'autres petits enfants sont nés. Quelle joie, chaque fois ! Quelle revanche sur la guerre et le malheur ! J'étais heureuse de découvrir de nouveaux sourires qui me donnaient foi en l'avenir. C'était la vie telle qu'elle devrait être toujours, partout. Au contact de cette famille qui s'agrandissait, j'oubliais tout le reste et il me semblait que nous pouvions être heureux comme avant.

Mais nous n'étions pas au bout de nos peines, au contraire. Après l'invasion de la zone sud, en novembre 1942, il y a eu la création du Service du travail obligatoire, et j'ai tout de suite compris qu'Abel n'y échapperait pas. Or il avait déjà un fils : Paul, né en 1942. Qu'allait-il faire ? Il était convoqué pour le 27 juillet à Cahors, à la caserne Bessières, d'où il devait partir pour l'Allemagne. Je n'oublierai jamais le jour de son départ.

J'avais décidé d'aller lui dire au revoir en gare de Souillac — maudite gare dans laquelle j'ai vécu de si pénibles moments — car il devait y attendre pendant une heure la correspondance pour Cahors. Constant, qui avait acheté une moto, avait promis de m'emmener. J'avais très peur de monter sur cet engin, mais que n'aurais-je pas fait pour voir mon fils ! J'avais emporté un panier de provisions, car Abel arrivait vers midi, et nous aurions le temps de manger, dehors, sous les tilleuls.

Dès que je suis arrivée dans la cour, je me suis revue en 1914 au départ d'Élie, cachée derrière le mur avec mon enfant dans les bras, tandis qu'il montait dans le wagon. Et j'ai revécu en un instant tous les départs qui s'étaient succédé pendant les mois qui avaient suivi. Je crois que cette gare est l'endroit où j'ai été le plus malheureuse de ma vie. Par la suite, chaque fois que je suis allée voir mon fils dans le Lot, j'ai toujours demandé à celui qui me conduisait de l'éviter. Pour moi, elle représente la guerre et le malheur. Et c'est ce que je me disais ce jour de juillet, alors qu'il faisait si beau, pourtant, sur ce quai inondé de soleil. J'étais bien décidée à demander à Abel de ne pas partir et de venir se cacher chez nous, mais je pensais aussi à sa famille et aux répercussions que cela pouvait avoir.

Quand je l'ai embrassé, à sa descente du train, il était pâle, si pâle, que je l'ai cru malade. Je ne savais pas qu'il hésitait encore sur la conduite à tenir et qu'il pensait également à déserter. Nous sommes sortis pour aller manger sous les arbres, dans la cour. Il y avait un peu d'herbe sous le plus gros des tilleuls. Nous nous sommes assis là, et je me suis rappelé la journée que nous avions passée à Vitrac, au temps où les couleurs de l'été étaient si belles et le vent si doux. Je l'ai dit à mes fils, ce qui les a fait sourire. Puis nous avons parlé de tout et de rien, de la belle famille d'Abel, de son fils, et je n'ai pas osé lui poser la question qui me brûlait les lèvres : « Allait-il vraiment partir en Allemagne ? » Constant avait apporté une bouteille d'eau-de-vie et je dois avouer que nous en avons bu pas mal pour nous donner du courage. Mais que cette heure a passé vite ! J'aurais fait n'importe quoi pour retenir le temps et rester là, même jusqu'à la nuit, pourvu qu'Abel ne parte pas. Mais il a bien fallu, pourtant. Je lui ai dit au revoir sur ce même quai où j'avais embrassé Élie, il y avait si longtemps, et quand il est monté dans le train, il m'a semblé que les vingt-neuf ans qui avaient passé depuis ce mois d'août 1914 n'avaient jamais existé. Une fois que le train a eu disparu, j'ai aperçu à travers mes larmes la même colline grise, de l'autre côté de la voie, et j'ai ressenti la même impression de solitude, la même souffrance. Heureusement, ce jour-là, Constant était près de moi. Quand nous sommes repartis, avant de prendre la route de Sarlat, j'ai jeté un bref regard vers la longue ligne droite qui menait vers le centre de Souillac, cette route interminable que j'avais parcourue seule si souvent, et le fait de prendre cet après-midi-là une direction opposée m'a réconfortée quelque peu.

Trois jours plus tard, alors que je me trouvais seule à la maison, deux gendarmes sont entrés, j'ai cru qu'il était arrivé malheur à quelqu'un, mais quand ils m'ont dit que mon fils s'était enfui de la caserne Bessières à Cahors et qu'ils m'ont demandé si je savais où il se trouvait, j'ai failli crier de joie. Ainsi, il était encore en France ! C'était tout ce qui restait présent à mon esprit, malgré les menaces des gendarmes, les regards qu'ils jetaient à droite et à gauche, les questions auxquelles il ne m'était pas trop difficile de répondre : « Non, je ne savais pas où il se trouvait ; non, je ne l'avais pas vu récemment, oui, je savais qu'il devait partir, etc. » Je n'étais pas trop rassurée, car j'étais seule, je l'ai déjà dit, et je trouvais qu'ils mettaient du temps à s'en aller. J'avais envie de voir arriver Élie, mais je le redoutais également. De quoi aurait-il été capable en découvrant des gendarmes chez nous ? Heureusement, il était parti couper du bois à Loubéjac et il ne rentrerait pas avant le soir.

L'un des gendarmes, le plus petit, s'était assis, tandis que le brigadier faisait les cent pas dans la cuisine comme s'il attendait quelqu'un.

— Si j'ai un conseil à vous donner, m'a-t-il dit, c'est de lui demander de se rendre, sinon il risque d'être fusillé, vous le savez ?

— Oui, je le sais.

— Vous ne me ferez pas croire que vous n'avez aucune nouvelle de lui.

— C'est pourtant vrai.

— Vous savez ce que vous risquez, de le cacher ?

— Vous pouvez chercher, il n'est pas ici.

Comme il y avait une bouteille de vin sur la table, le petit s'est servi sans même me demander ma permission. Je lui ai dit :

— Ne vous gênez pas !

Il m'a répondu en riant :

— Et non, vous voyez, je ne me gêne pas.

Il avait des yeux très vifs, comme les souris, qui furetaient partout. L'autre était gros, très brun, noir comme un vrai Périgourdin, mais avec dans la voix, une froideur qui n'était pas coutumière aux gens de chez nous. Je me demandais pourquoi ils ne partaient pas et je commençais à redouter un mauvais coup. Heureusement, Marthe est arrivée et j'ai été tout de suite plus rassurée. Ils lui ont posé aussi des questions mais elle leur a fait les mêmes réponses que moi. Enfin ils sont partis, non sans avoir lancé une dernière menace à laquelle nous n'avons pas répondu.

Quand ils ont été loin, j'ai demandé à Marthe de ne pas parler de cette visite à Élie, car j'avais peur qu'il prenne son fusil et coure à Sarlat pour leur demander des comptes. Il n'en a rien été, heureusement, mais à partir de ce jour j'ai attendu impatiemment des nouvelles. Comme elles n'arrivaient pas et que je ne cessais de trembler en redoutant le pire, Élie est allé dans le Lot à bicyclette (50 kilomètres à l'aller, 50 kilomètres au retour) pour voir la femme d'Abel. J'ai attendu toute la journée qu'il revienne, incapable que j'étais de travailler, mais cela valait la peine : Abel se cachait sur le causse de Martel, là où se rassemblaient les premiers maquisards, ceux que les Allemands, sur leurs affiches, appelaient les terroristes. Les risques étaient grands, certes, mais pour moi, cela valait mieux que de le savoir en Allemagne.

J'ai alors redouté chaque jour la mauvaise nouvelle, celle qui arrive au bout du chemin par le maire, une connaissance, un inconnu, comme je l'avais tellement vu durant la Première Guerre. C'est vers cette époque que j'ai aperçu pour la première fois des Allemands, à Sarlat, un jour de marché. Je les ai observés un long moment, ces hommes (ils étaient trois), de l'autre côté de la place. Ce qui m'a le plus frappée, c'est leur jeunesse et leurs cheveux blonds. Ce jour-là, je ne suis pas parvenue à me persuader que c'étaient eux qui avaient gagné la guerre. Et même plus tard, quand les événements se sont précipités, je n'ai pas pu imaginer que c'étaient les mêmes qui avaient commis les crimes de Tulle ou d'Oradour-sur-Glane.

En septembre, un matin, j'ai eu une grande joie. Sans me le dire pour que je ne m'inquiète pas, Constant et Clément étaient allés chercher leur frère, de nuit, à bicyclette. Ils sont arrivés un peu avant le jour, épuisés, mais heureux tous les trois de me faire la surprise. Et c'est là, au coin du feu, qu'Abel nous a raconté ce qui s'était passé depuis que nous l'avions vu à la gare de Souillac : à Cahors, dans l'enceinte même de la caserne, il avait été approché par un Alsacien qui venait chaque semaine faire signer des papiers aux autorités allemandes. Chaque fois, cet homme repartait en emmenant avec lui des jeunes réfractaires pour les maquis de Saint-Cirq-Lapopie. Malgré les risques, Abel n'avait pas hésité : il avait sauté par-dessus le mur à l'heure et à l'endroit indiqués en se demandant bien s'il n'allait pas tomber dans un piège. Mais non : l'homme se trouvait de l'autre côté, comme promis. De nuit, donc, ils étaient partis sur les causses où Abel avait passé trois jours dans une bergerie abandonnée, avant que l'un des agents de la Résistance locale prenne contact avec lui. C'était l'époque où les maquis commençaient seulement à s'organiser. Les hommes se cachaient la journée et, de nuit, rassemblaient des armes et préparaient les parachutages à venir. Mais comme il existait un groupe sur le causse de Gramat et un aussi sur le causse de Martel, l'homme avait conseillé à Abel de les rejoindre. Il serait là-bas plus près des siens. C'est ce qu'il avait fait. Il avait trouvé un refuge en plein bois, chez des amis de sa belle-famille : Philomène et

Henri D..., à Ribane, un hameau de quelques maisons. Philomène élevait des moutons et Henri était maçon. C'étaient deux personnes admirables de gentillesse et de dévouement, dont j'ai fait la connaissance plus tard et à qui je n'ai jamais assez dit ma reconnaissance. Ils faisaient partie de ces hommes et de ces femmes de nos campagnes qui avaient le cœur sur la main.

C'est grâce à eux que mon fils était vivant, libre, et souriant, ce jour-là. Que j'étais heureuse ! Nous étions ensemble comme nous l'avions été jadis et comme nous le serions peut-être de nouveau un jour, pour peu que la guerre finisse. Car il s'agissait bien d'une nouvelle guerre, celle qui avait commencé depuis quelque temps, et qui allait chasser les Allemands de chez nous — à ce propos, je me souviens qu'Élie et beaucoup de nos voisins les appelaient « les Boches ». Moi, je n'ai jamais pu. Et surtout pas depuis que j'avais vu les trois jeunes sur la place du marché. J'étais sûre à l'époque, comme d'ailleurs je le suis aujourd'hui, que beaucoup étaient comme nous et ne souhaitaient pas la guerre. Et je suis aussi sûre aujourd'hui que toutes les mères du monde tremblent pour leurs enfants. Je crois profondément que tous les Allemands n'étaient pas des nazis, contrairement à ce que l'on a pu dire ici ou là. Mais hélas ! les hommes sont ainsi faits qu'il suffit de quelques-uns pour entraîner les autres vers ce que, au fond d'eux-mêmes, ils ne souhaitent pas. Et pourtant j'ai souffert des conséquences de la guerre, de leur guerre. Malgré tout ce que j'ai entendu, malgré ce que j'ai vécu, je ne leur en veux pas. Ceux à qui j'en veux, c'est à ceux qui donnaient les ordres et à ceux qui avaient fait de leur pays une nation de guerre. Mais les autres, les trois blonds qui avaient l'âge de mon fils ? Que faisaient-ils là ? Avaient-ils vraiment souhaité se trouver à Sarlat ou dans ma maison, comme c'est arrivé en juin 1944 ? Non, je ne le crois pas. Je n'ai jamais voulu le croire et pas davantage aujourd'hui.

En tout cas, ce mois de septembre-là, j'ai pu garder mon fils près de moi pendant quelques jours, et j'en ai savouré chaque minute, avant qu'il ne reparte, de nuit, à bicyclette, comme il était venu. Et puis je me suis retrouvée seule, encore plus seule que je n'avais jamais été. Car c'est à cette époque-là que Clément et sa femme sont partis. Je le sentais venir depuis longtemps, car Clément supportait de plus en plus difficilement les colères de son père, surtout depuis qu'il était marié. J'avais dû à plusieurs reprises, déjà, m'interposer entre lui et Élie, d'autant plus que Marthe, qui travaillait avec nous, avait essuyé plusieurs fois les colères d'Élie. Elle faisait comme moi, la pauvre, et ne répondait pas sur le moment, mais, le soir venu, dans sa maison, elle ne pouvait pas s'empêcher d'en parler à Clément. A force de chercher, mon fils avait trouvé une place dans une briqueterie d'un village appelé La Chapelle-Péchaud, du côté de Domme. C'était donc décidé : ils partaient. J'ai bien essayé de les faire changer d'avis, mais je savais que c'était inutile. D'ailleurs il est toujours difficile d'habiter avec ses enfants ou à proximité. Bien des malheurs, dans les fermes de chez nous où l'on n'a pas l'habitude de partager les propriétés, sont venus de là. Et tant de vies gâchées. Mais comment faire autrement ?

Je me suis donc résignée à rester seule avec Élie dans notre maison trop grande. Et la vie a continué, un jour poussant l'autre, illuminée par la venue de mes petits-enfants de plus en plus nombreux. Nous avons limité un peu les cultures, puisque nous avions moins de besoins qu'auparavant. J'ai presque fini par oublier la guerre jusqu'à ce terrible 26 juin 1944 où nous avons tous failli mourir. Depuis le débarquement, en effet, les Allemands remontaient de plus en plus nombreux vers la Normandie. Et il y avait de plus en plus d'hommes dans les maquis, notamment dans les bois de Temniac et dans la forêt, entre Sarlat et Montignac. Ce matin-là, donc, ils ont attaqué une colonne allemande à la borne 120, sur la route de Salignac, un peu au-delà de Temniac, c'est-à-dire pas très loin de la Brande.

Nous ne savions rien, en nous réveillant, de ce qui s'était passé à quelques kilomètres de chez nous. Il faisait beau et j'étais contente car j'avais deux de mes petits-enfants, Georges et Marc, avec moi. Au début de la matinée, nous avons entendu des coups de feu sur les collines. Constant était parti depuis la veille dans les bois de Rivaux rejoindre son groupe et il ne nous avait rien dit. Élie était là, prêt à se rendre à la vigne, quand les premiers coups de feu ont éclaté tout près de chez nous. Puis nous avons entendu des cris et nous sommes sortis derrière la maison. C'est alors que nous avons vu les uniformes allemands sur le coteau. Au lieu de continuer leur route, ils s'étaient dispersés dans la campagne pour chercher les maquisards, mais ce que nous ne savions pas encore, c'est qu'en représailles, ils tiraient sur les civils. Ils venaient de tuer M. P... à Temniac et descendaient vers la Brande en tirant sur tout ce qui bougeait. J'avais fait rentrer les enfants et nous étions là, avec Élie, à regarder les soldats qui se démenaient, là-haut, sans penser au danger. Nous avions un voisin qui s'appelait M. L..., et qui habitait sur le coteau. Et tout à coup nous l'avons vu courir entre sa maison et son four, puis s'écrouler sous la fusillade. Mon Dieu ! il m'a semblé à ce moment-là que nous allions tous mourir.

— Va-t-en vite ! j'ai dit à Élie, va te cacher dans le tunnel. Ils tuent tout le monde.

Il tremblait, mais j'ai compris que ce n'était pas de peur mais de colère, quand il m'a dit, ses yeux noirs braqués sur moi :

— Ici je suis chez moi, et c'est pas eux qui m'en feront partir !

Je l'ai supplié de s'enfuir, je l'ai poussé même, de toutes mes forces, mais il n'a pas voulu m'écouter.

— Ils me font pas peur ! criait-il, ils m'en ont déjà assez fait ! Ici c'est chez moi, et j'y resterai !

Et il a ajouté, tandis que je rentrais pour m'occuper des enfants :

— Qu'ils viennent s'ils le veulent !

Heureusement, il n'avait pas eu le temps de décrocher son fusil. J'ai pris mes deux petits-fils contre moi, et j'ai attendu, en espérant qu'au dernier moment Élie allait partir.

Deux ou trois minutes ont passé, peut-être plus, et il y a eu d'autres coups de feu, de plus en plus proches. Je n'osais pas regarder par la fenêtre ni m'éloigner de mes petits-enfants. J'avais fermé la porte et nous étions blottis dans un angle de la cuisine, sans bouger, presque sans respirer. C'était pour eux que j'avais peur, surtout, et pour Élie. Dans ce genre d'occasion, je ne pense guère à moi. Je n'ai aucun mérite : je pense que l'on souffre davantage du malheur des siens que de son propre malheur.

Tout à coup la porte s'est ouverte à la volée. Trois soldats sont entrés, la mitraillette à la main. Comme la chienne aboyait, ils lui ont tiré dessus mais ils l'ont manquée et elle s'est enfuie en hurlant dans la cour. Ils étaient très énervés et ils suaient à grosses gouttes, car il faisait très chaud. Deux d'entre eux sont partis dans les pièces d'à côté, le troisième est resté devant nous pour nous surveiller. Il était jeune, très jeune, sans doute autant que ceux que j'avais vus à Sarlat, mais il y avait de la colère et de la peur dans ses yeux. Je sentais mon cœur cogner dans ma poitrine et je serrais de plus en plus mes deux petits-fils contre moi. J'ai entendu crier, des portes claquer, puis les deux autres sont revenus.

— Boire ! a crié l'un d'eux, un brun, qui les commandait.

Il m'a bien fallu lâcher mes petits-enfants et m'approcher du buffet pour prendre la bouteille de vin.

— Eau ! a dit le brun.

Il montrait le seau qui était devant l'évier. J'ai voulu leur expliquer que c'était l'eau avec laquelle j'avais lavé la salade la veille, et ils ont cru que je ne voulais pas leur en donner. Mon Dieu ! Qu'est-ce que j'avais dit là ! Le brun s'est approché de moi, a posé le canon de sa mitraillette sur ma tempe, l'air furieux et j'ai senti qu'il était sur le point de tirer. A ce moment-là, un coup de sifflet a retenti de l'autre côté du champ, sur la voie ferrée, et ils sont sortis comme des fous, sans même boire, alors que le blond tenait déjà le seau à la main.

Il y a eu d'autres coups de feu un peu plus loin, puis ils se sont éloignés. Je n'osais toujours pas partir de la maison. Mais j'ai pensé à Élie. J'ai poussé la porte de derrière et je l'ai vu, assis dans l'herbe, sous le cerisier. Pendant tout le temps qu'avaient mis les soldats pour arriver et disparaître, il n'avait pas bougé. Heureusement qu'il y avait eu ce coup de sifflet, sans quoi ils l'auraient tué. J'ai eu une telle peur rétrospective que je me suis évanouie.

Quand je suis revenue à moi, j'étais dans la cuisine. Élie m'avait portée jusque-là. Ce n'était plus de la peur qu'il voyait dans mes yeux, mais de la colère. Et pour la première fois, peut-être, de ma vie, je me suis fâchée en criant. Il m'a vue tellement malheureuse qu'il a enfin accepté de se cacher. Heureusement, car nous avons appris un peu plus tard qu'ils avaient tué M. H... quelques centaines de mètres plus bas, alors qu'il s'échappait par la fenêtre de sa maison. Quelle journée, mon Dieu ! Élie enfin parti, comme on entendait encore crier et tirer dans les alentours, j'ai emmené mes petits-enfants à la fontaine où nous nous sommes cachés jusqu'à la fin de l'après-midi. Et c'est seulement vers le soir que le calme est revenu. Nous avons appris le lendemain matin que les Allemands avaient quitté Sarlat dans la nuit.

Que de jours ont passé avant que j'oublie cette journée du 26 juin ! Et comme j'en ai voulu à Élie de sa folie ! Je n'ai été rassurée que lorsque j'ai entendu les cloches, le 8 mai 1945, car il me semblait que si la guerre s'était éloignée de chez nous, elle pouvait resurgir d'un moment à l'autre. Ce jour-là, nous sommes descendus à Sarlat, et pour la première fois depuis longtemps, je ne tremblais pas en redoutant de rencontrer des Allemands. La guerre était finie. Nous allions pouvoir recommencer à vivre comme avant. Mais il m'a bien fallu plusieurs semaines avant de me sentir en sécurité. Cet homme que j'avais vu tomber sous les balles, tout près de chez moi, continuait de me hanter. Il a fallu que j'en voie des sourires d'enfants avant de l'oublier. Par chance, Clément avait quitté La Chapelle-Péchaud et habitait maintenant au lieu-dit « la Vigne », un peu plus loin que le quartier de la Bouquerie, sur la route de Proissans. Il venait souvent me chercher en moto, ou m'amenait ses enfants. Je pouvais de nouveau songer à l'avenir sans craindre pour les miens et je ne m'en suis pas privée.

Que ces années d'après-guerre m'ont été douces ! Il ne se passait pas une journée sans que quelqu'un ne vienne à la maison. J'allais sur mes soixante ans mais j'avais l'impression de n'en avoir que quarante, et encore ! C'est en voyant mes petits-enfants que je me rendais compte du temps qui avait passé. Plus ils grandissaient et plus je me faisais petite. J'aurais voulu que le soleil ne se couche jamais, j'aurais voulu goûter tous les parfums à la fois, sentir tous les baisers sur ma peau, savourer chaque bouchée de pain, le meilleur pain que j'aie jamais mangé, puisque c'était le nôtre. Hélas ! Enfant, un jour vous dure un an, et vieux, un seul instant. Oui, je peux dire que je suis entrée dans la vieillesse à reculons, et que j'ai tenté de les retenir de mes dix doigts, ces instants qui étaient ceux de la deuxième moitié de ma vie. Quand je gardais Marc, Claudine, Georges, Mathieu ou Paul, pendant les vacances, que je leur faisais réciter leur prière comme à mes propres enfants, je me demandais, en fermant les yeux, quel était ce magicien qui, d'un coup de baguette magique, avait effacé trente années de ma vie sans que je m'en aperçoive. Le temps ! Le temps ! Peut-être la pire de toutes les maladies. Pourtant, même si je le sentais filer entre mes doigts, je ne pensais pas à la mort, ni à la mienne, ni à celle de mes proches.

Je garde un souvenir merveilleux de la fin des années 40 et du début des années 50. Nous avions toujours aussi peu de distractions, mais il y avait quelque chose de beau et de vrai qui flottait dans l'air. Je crois que tout le monde connaissait le prix du bonheur quotidien, car la guerre était encore présente dans les mémoires. Élie, lui, allait mieux. Car nous travaillions un peu moins, puisque nos enfants gagnaient leur vie depuis longtemps. Quand je repensais à notre vie de Souillac, aux baraquements des Ardennes, je ne pouvais m'empêcher de remercier le bon Dieu. Ah ! que j'ai aimé ces jours et ces mois si paisibles !

Mais tout a une fin sur la terre, et nous n'y pouvons rien. Ainsi, cet automne si beau de l'année 1954. Nous avions fait de belles vendanges. Non pas extraordinaires en quantité, mais nous savions que le vin serait bon. Le 6 octobre... Mon Dieu comme j'ai de la peine à raconter tout ça !... Le 6 octobre, en fin d'après-midi, Clément, Élie et moi nous étions dans une terre en train de sarcler. C'était au lendemain des vendanges, et si Clément se trouvait avec nous, ce soir-là, c'est qu'il avait pris son après-midi pour nous aider. Vers six heures, Élie est rentré pour s'occuper de la vendange qui était dans la cuve, et nous avons continué de sarcler Clément et moi, jusqu'à sept heures. Je n'ai jamais pu oublier la couleur du ciel, ce soir-là, d'un orangé si chaud, si étrange qu'il m'a semblé un peu trop beau. Il y avait un tel silence sur la Brande, une telle paix que j'en étais comme suffoquée. Des guêpes ivres tournaient dans l'odeur du raisin écrasé et des pommes mûres. Je me souviens que j'avais du mal à respirer l'air épais comme du sirop qui s'était accumulé sur les champs. J'étouffais un peu en avançant lentement sur le chemin de terre, ma houe sur l'épaule. Nous ne nous pressions pas, tout occupés que nous étions à écouter le silence que les machines à moteur ont aujourd'hui brisé à tout jamais mais qui, à cette époque-là, rendait la vie si paisible.

Quand nous sommes entrés dans la maison, Élie ne s'y trouvait pas. Ni Clément ni moi, nous ne nous sommes inquiétés. J'ai réchauffé la soupe avec de l'ail, fait cuire des pommes sur les braises que j'ai eu vite réveillées, préparé les œufs pour l'omelette, et c'est seulement un quart d'heure après que j'ai demandé à Clément d'aller chercher son père pour manger. Mon Dieu ! je reverrai toute ma vie la tête décomposée de mon fils quand il est revenu, quelques minutes plus tard.

— Il était dans la cuve, m'a-t-il dit... Le gaz... Je vais téléphoner aux pompiers.

Et il a ajouté :

— Reste ici ! N'y va pas.

Jamais je n'ai senti à ce point comme la vie est proche de la mort. Il faisait si bon, pourtant, ce soir-là, quand j'ai vu mon Élie couché sur la terre battue de la cave, ses grands yeux noirs ouverts sur un monde que je ne connaissais pas et qui me faisait peur. J'ai cru qu'il respirait encore quand j'ai relevé sa tête que j'ai appuyée sur mon genou. Je l'ai secoué, je lui ai parlé, j'ai essayé de faire passer mon souffle dans sa bouche, mais il était déjà loin et pour toujours... Ah ! qu'il m'en coûte de raconter tout ça... Élie... cette force à côté de moi, cette violence éteintes en quelques secondes comme une bougie par le vent. Mon Dieu ! cet homme ! quel travail il avait abattu, malgré sa main blessée ! Avec quel courage il avait mené sa vie d'enfant sans père ! Quelle lumière avait brillé dans ses yeux les jours de grande colère !... Et maintenant il était là, inerte dans mes bras, et il me semblait que c'était la première fois qu'il s'en remettait à moi avec une douceur que je ne lui avais jamais connue...

Clément et le voisin — qui venait de téléphoner — sont arrivés. Et les pompiers dix minutes après eux, mais trop tard. Nous savions tous, pourtant, et Élie le premier, combien il était dangereux de tasser les raisins en entrant dans la cuve, même en prenant la précaution de se tenir tourné vers l'extérieur pour respirer, et sans lâcher le bord des mains. Chaque année, Élie tassait la vendange de la sorte, comme beaucoup de paysans. Pourquoi ce soir-là avait-il oublié les précautions à prendre ? En quelques secondes le gaz de fermentation l'avait tué. Il était tombé. Clément l'avait sorti de la cuve, mais il était mort depuis longtemps.

Je me souviens de la sirène des pompiers, de tout ce monde autour de moi, et puis plus rien. Mes idées me sont revenues beaucoup plus tard, à la veillée, devant le corps de mon mari. Et la douleur aussi. La même qu'à la mort de mon père et de Louise, mais peut-être plus violente encore, provenant de ce point profondément caché au fond de nous, qui, lorsqu'il est touché, peut faire se fendre en deux notre cœur, comme un arbre frappé par la foudre. On lui avait fermé les yeux, et moi, pourtant, pendant deux jours et deux nuits, je n'ai vu qu'eux. Les mêmes qui m'avaient surprise, la première fois, dans la salle de l'auberge, à Sarlat, il y avait si longtemps. Et sans l'avoir connu, je le revoyais enfant, quand sa mère, déjà veuve, devait se louer dans les fermes et l'enfermait dans un tonneau pour qu'il ne se sauve pas. Je le revoyais en train de trottiner derrière elle sur les chemins, de glaner dans les champs, de faner, de moissonner malgré ses petits bras. Elle avait ensuite trouvé une place de servante au château de Proissans, et il avait été engagé aussi, comme commis, couchant dans la grange, travaillant du lever du jour jusqu'à la nuit... Élie... Quelle énergie il lui avait fallu pour se sortir de cette condition si difficile mais si commune à l'époque ! Il avait quitté la terre alors qu'il ne connaissait qu'elle. Seul un homme comme lui pouvait en être capable. Comme il aimait les pierres, il s'était fait maçon, grâce à son oncle. C'était là un vrai métier, disait-il. Monter des murs de ses propres mains, bâtir des choses qui durent, qui défient le temps, la mort. Et la guerre lui avait pris ce qu'il possédait de plus précieux : l'une de ses mains, tout ce qui lui servait pour vivre... Il était mort, mon Élie, et son visage, pendant ces heures terribles, m'a semblé taillé dans cette pierre qu'il aimait tant.

Je n'ai pas réussi à dormir, ces deux nuits-là. Dès que je fermais les yeux, je le revoyais s'attachant un outil à la main, je l'entendais crier en travaillant. Ce feu, cette violence des dernières années n'avaient jamais existé avant la guerre, je le sais, je le jure. Toute sa force, alors, était tournée vers le travail, vers l'avenir, vers les enfants qu'il voulait nombreux. Il n'avait jamais compris pourquoi il avait dû vivre estropié mais il avait continué, alors que tant d'autres n'avaient pu le supporter. Lui s'était battu pour ses enfants de toute sa volonté, de toute son énergie, car il avait appris de bonne heure à lutter. Mais ces crises ! ces colères ! Aujourd'hui, il me semble que je les entends encore dans les champs, dans les près, quand je me promène seule à la Brande, et que je pense à lui... c'est tout ce qui me reste, et j'ai appris à les souhaiter, à les aimer.

Nous l'avons porté en terre deux jours après l'accident, dans le cimetière de Sarlat, entouré de tous ses enfants et de ses petits-enfants. Il dort à quelques centaines de mètres de l'auberge B... qui existe toujours mais qui ne porte plus le même nom. De savoir que je le retrouverai près de l'endroit où nous nous sommes rencontrés me fait du bien. C'est cette idée qui m'aidait à tenir debout, tandis que je marchais derrière le corbillard, ce jour d'octobre 1954, au bras de mon fils aîné. J'ai vu les yeux noirs d'Élie tournés vers moi jusqu'au moment où le cercueil est descendu au fond du caveau. J'ai eu peur à ce moment-là de les avoir perdus à jamais, mais j'ai été rassurée dès la nuit qui a suivi. Comme je l'espérais, ils étaient bien encore là, dans l'ombre, pour veiller sur moi.

Nous sommes rentrés à la Brande, et nous nous sommes retrouvés tous ensemble, mais sans lui. Chacun est reparti à son travail un peu plus tard, très vite, avant la fin de l'après-midi. Il le fallait bien. Clément et sa femme sont restés avec moi pour que je ne sois pas seule la première nuit. C'est le lendemain soir que j'ai vraiment compris ce que c'était de se retrouver seule à l'entrée de l'hiver. J'ai cru des jours durant que les châtaignes de mon « sécadou » avaient perdu leur goût. J'ai cru que mon pain était sans sel, que je ne savais plus faire cuire la soupe, et pendant de longs mois je n'ai pas pu boire de vin. Et puis, au fil des heures, des jours et des nuits, j'ai revécu ma vie passée avec Élie depuis notre rencontre. Je savais que les souvenirs ne consolent jamais de l'absence de ceux qu'on aime, mais je ne savais pas qu'habiter les mêmes murs que les disparus les fait aimer encore plus fort. Et je l'ai appelé longtemps,

longtemps, la nuit, pour qu'il revienne une minute, une seconde, et me regarde comme la première fois, le jour où j'avais compris que le bon Dieu l'avait mis au monde pour qu'il vienne vers moi.

9

Heureusement, je n'étais pas seule la journée puisque Marthe montait pour m'aider. Et il fallait voir avec quel courage elle faisait avancer l'âne qui avait remplacé notre cheval, mort, lui aussi, peu après Élie, comme s'il n'avait pas voulu lui survivre. J'avais souvent aussi mes petits-enfants qui couchaient, parfois, le jeudi ou les jours de vacances. En les voyant arriver, je repensais à Élie qui les accueillait avec tant de fierté et de contentement quelques mois auparavant. Que ces jours ont été durs à vivre ! Moi qui avais toujours eu foi en l'avenir, qui avais vécu d'espérance, je me surprenais à parler toute seule, à faire les questions et les réponses pour briser le silence. Je continuais à cuisiner pour deux, comme si Élie allait rentrer d'un instant à l'autre. Mais je ne mangeais guère, moi qui étais déjà menue, et je n'avais plus que les os sur la peau.

Je crois que c'est à partir de cette époque que j'ai commencé à ressentir ce mal qui me fait m'éloigner si loin de ce monde, parfois, que je ne sais comment je parviens à y revenir. Le médecin, à qui j'ai fini par en parler, me soigne pour des ennuis circulatoires. Les premières fois où ça m'est arrivé, je ne me suis pas beaucoup inquiétée : je me couchais dans les vignes quand je sentais venir la crise, jusqu'à ce que le vertige passe. D'abord je n'en ai rien dit à personne. Chez nous, on n'avait pas l'habitude de se plaindre. Mais un jour Marthe s'en est aperçue et il a bien fallu que j'appelle le médecin. J'ai pris alors des médicaments pour la première fois de ma vie. Et j'avoue qu'il m'est arrivé souvent de les oublier dans ma table de nuit. Les crises, avec le temps, sont devenues plus fréquentes, mais je les ai cachées aux miens tant que j'ai pu. Les années ont passé, dans la paix de ces terres de la Brande où les rires des enfants sont heureusement devenus de plus en plus fréquents.

En 1955, nous avons fait le partage. C'est mon fils aîné qui a gardé la maison et les terres, à charge pour lui de dédommager ses frères et de s'occuper de moi quand ce serait nécessaire. Je m'en félicite encore aujourd'hui : jamais un nuage n'est venu assombrir nos relations et jamais je n'ai eu de dispute avec sa femme ou avec ses enfants. Ce sont ceux qui m'étaient le plus proches, car je vivais avec eux et les connaissais bien. Que les autres sachent que je les ai aimés pareillement, même si je n'ai pu le leur montrer comme je l'aurais souhaité.

En 1956, au moment des grands froids, Clément et Constant ont réussi à venir à la Brande voir si tout allait bien. J'allais bien mais je me fatiguais vite et je sentais qu'allait venir le temps où je ne pourrais plus rester seule. En 1957, j'ai eu la joie d'accueillir chez moi pour les vacances François et Christian, les jumeaux d'Abel, que je ne connaissais guère. J'ai essayé de les distraire de mon mieux en les emmenant au marché de Sarlat où j'allais toujours vendre mes légumes, en poussant ma carriole. Je me souviens qu'ils se plaignaient de ne pas comprendre ce que nous disions, Clément et moi, car nous parlions toujours patois entre nous. Puis est venu l'automne et un hiver qui m'ont paru bien longs. Aussi, l'année d'après, quand Clément m'a proposé de venir habiter dans la grande maison qu'il venait de construire à Sarlat, j'ai accepté tout de suite. Car je savais que nous monterions chaque jour à la Brande, avec Marthe, et que le soir j'aurais de la compagnie. C'est là que j'ai découvert le confort des maisons d'aujourd'hui, et principalement la douche et le chauffage central. Une vraie salle de bains, aussi. Pour moi, qui ai toujours aimé la propreté, c'était un vrai plaisir, et j'ai fini par me demander comment j'avais pu vivre si longtemps sans ce confort si nécessaire.

Chez nos voisins, qui étaient bien aimables, j'ai découvert la télévision dont j'avais tellement entendu parler, et surtout « La piste aux étoiles » que j'aimais beaucoup. Jamais je n'aurais cru possible de voir des choses qui se passent à des centaines de kilomètres de distance. Pas plus que je n'aurais cru possible le changement qui s'était produit à Sarlat, dans les quartiers où je ne m'étais pas rendue depuis longtemps. J'allais de surprise en surprise et j'étais heureuse de cette nouvelle vie. Il me suffisait d'en faire la demande à mon fils pour qu'il me conduise aussitôt sur la tombe des miens, à Saint-Quentin ou à Sarlat. Il n'a jamais été question de maison de retraite pour moi, et c'est une chance que je mesure à sa juste valeur. D'autant que personne, ni les grands ni les enfants ne m'ont jamais manqué de respect. Au contraire, ils ont toujours veillé sur moi, et ils m'ont toujours écoutée et soignée comme je le souhaite à tous ceux qui deviennent vieux.

Aujourd'hui, ce mal qui me gagne ne me fait pas souffrir. Quand je le sens venir, je me laisse aller avec confiance, et le temps n'existe plus. Me voilà de nouveau petite fille sur la route de Saint-Quentin, tenant ma sœur par la main. J'ai tout loisir de parcourir à petits pas le long chemin de cette vie qui s'achève. Une vie heureuse, malgré le travail et le peu de sous que nous avions. Mon Dieu ! Qu'est-ce que je dis là ? Je ne me suis jamais sentie pauvre. J'ai toujours pu travailler et je n'ai jamais eu ni faim ni froid. Ou alors, ça n'a duré que le temps de me rendre compte que cela venait de cesser. Et je crois que pour aimer la vie il faut connaître le prix des choses. S'attacher à celles qui coûtent le moins et donnent beaucoup : un grand feu à Noël, une pluie tiède en automne, du soleil au printemps, une grappe de raisin que l'on écrase dans sa bouche, un morceau de pain frotté à l'ail et surtout, surtout, le sourire de ses enfants.

Nous n'avons jamais eu de voiture. Le temps passe bien assez vite tout seul. Et comment parler aux gens quand on ne peut pas s'arrêter devant eux ? Pas de matériel non plus, sinon les outils de la tradition. Mais je ne suis pas de celles qui disent : « De mon temps, c'était mieux. » Non, il ne faut pas vouloir lutter contre le progrès même s'il présente des inconvénients. Le monde change et c'est très bien comme ça. Tout ce que je vois ou ce que j'entends aujourd'hui à la télévision, je ne l'aime pas toujours, mais ça ne fait rien. Il faut savoir regarder devant soi quand tout vous pousse à vous retourner. L'essentiel tient en peu de choses, au fond : c'est de savoir que la course à l'argent ne sert à rien d'autre que d'en vouloir davantage, et que trop posséder rend envieux et donc malheureux. Le reste est sans importance.

Mais il est vrai que j'ai aimé mon temps parce que j'y ai

trouvé le goût du travail bien fait et de la simplicité en toutes choses. Du moins parmi ceux que j'ai eu la chance de côtoyer. Et j'ai aimé ma vie. Si je n'ai jamais fait de misères à personne, je n'ai aucun mérite : le mal me fait mal et le bien me fait du bien. Aussi, si j'ai blessé quelqu'un, parfois, c'est sans le vouloir. J'ai essayé d'être juste envers les autres et de donner aux plus démunis que moi. J'ai fait ce que j'ai pu, et de mon mieux. Toujours.

Aujourd'hui, quand je vois mes petits-enfants réussir dans la vie, mon cœur bat plus vite, car je me dis que c'est peut-être un peu grâce à moi. Certains me l'ont dit. En ayant vu les larmes dans leurs yeux, j'ai compris qu'ils le pensaient vraiment. De ce jour-là j'ai su que j'allais mourir heureuse. Car de la vie j'aurais mangé la chair et la peau. Et c'est parce que j'en ai bien profité que j'ai plaisir à la parcourir de nouveau quand la maladie m'emporte loin du monde. Je revois chaque jour, presque chaque seconde... Je revois le marchand d'images pieuses qui passait dans les années 30 à la Brande et parlait si bien du bon Dieu, les rétameurs de Saint-Quentin rassemblés sur la place qui retentissait de leurs coups de marteau sonores et bien rythmés ; les jours de foire à Salignac où, de temps en temps, j'accompagnais Élie et d'où je ramenais des pains dorés ; le café grillé acheté un matin d'avant-guerre en revenant du marché, que j'ai fait bouillir dans ma « débéloire » et dont je n'ai jamais pu oublier l'arôme. Je revois les grandes mains de mon père posées sur la table, à Saint-Quentin, j'entends sa voix qui illuminait la cuisine sombre comme un lustre d'église, j'écoute Louise, assise sur ses genoux, tandis que près de nous le feu craque en lançant des étincelles d'or.

De ces eaux si profondes et si tièdes où je m'enfonce, sans savoir si je vais remonter, surgissent des moments de ma vie tellement enfouis au fond de moi que je ne me souvenais plus de les avoir vécus. Et plus le temps passe, plus ils viennent de loin : l'autre jour, j'ai revu Louise en train de faire la lessive à la fontaine tandis que, près d'elle, je faisais gicler sur moi une eau si fraîche que j'en ai frissonné. J'ai revu ce Russe qui me faisait si peur à Perthes-les-Ardennes ; j'ai revu Henri, cet homme si serviable qui nous a tellement aidés là-haut, le premier hiver ; je suis entrée de nouveau dans la maison de cette sorcière qui nous faisait si peur, à Marceline et à moi, quand il nous fallait passer sa porte. Et chaque fois que je remonte des profondeurs de ce passé, des moments les plus heureux ou les plus pénibles de ma vie, je me souviens de tout, du moindre détail, de la moindre couleur. C'est comme si j'étais entrée dans un monde où le temps n'existe plus... Je me rappelle ces nuits où nous allions veiller, avec Claudine, celle de mes petites-filles qui a été la plus proche de moi, chez mon fils Constant qui habitait à huit cents mètres de la Brande, et de notre peur au retour, seules sur les chemins. Je me rappelle ces délicieuses « frottes à l'ail » que je mangeais à Saint-Quentin au retour de l'école, ces fêtes de la gerbebaude au plus fort de l'été, ce ciel criblé d'hirondelles qui tournaient autour des aires interminablement ; cet orage qui nous a surprises, Marceline et moi, sur la route de Palomières un soir de septembre, les murs blancs de ma chambre à l'auberge, notre logement sombre de Souillac, la neige tombant derrière le carreau de notre baraquement, là-haut, dans le Nord ; cette chienne que mon père a dû tuer parce qu'elle souffrait trop et son chagrin pendant les jours qui ont suivi... Je me souviens du cheval qui n'a pas survécu à Élie et qui est mort, près de moi, tandis que j'essayais de le soulager. Je me souviens enfin de nos feux de Saint-Jean, des nuits bleues de juin, des forêts en automne, de tous ces petits riens qui font une vie et savent si bien l'ensoleiller. C'est au milieu de ces souvenirs que, souvent, j'entends Élie qui m'appelle.

Une dernière chose, peut-être, qui a sa place ici, alors que j'achève ce récit de ma vie. C'était en 1964 ou 1965, en été. J'étais montée à Temniac, à l'église, et je m'apprêtais à redescendre lorsque j'ai été arrêtée par des étrangers devant le monument aux morts. Il y avait là un homme de quarante ans, ou un peu plus, peut-être, sa femme et deux enfants. Des Allemands. Ils m'ont demandé la route de Sarlat et je leur ai répondu le plus aimablement possible. Je les ai sentis heureux de se trouver là, dans ce village paisible, installés pour pique-niquer à côté de ce monument aux morts qu'ils n'avaient même pas remarqué. En descendant, je les ai trouvés un peu plus loin, arrêtés au bord de la route, et le père montrait à ses enfants le paysage, sur la droite, pas très loin de l'endroit où notre voisin avait été tué. Je me suis demandé alors si cet homme n'avait pas été un de ceux qui étaient entrés chez moi, ce 26 juin 1944, et qui avait failli tirer sur moi. Vingt ans plus tard, un Allemand venait chez nous avec sa famille, était heureux, montrait à ses enfants quel beau pays était le Périgord. Je n'en ai pas été révoltée, au contraire, car je crois que tous les hommes doivent vivre en paix et que le monde appartient à celui qui le rend meilleur, mais j'ai souffert pour tous ceux qui, un jour, avaient pris les armes, parce qu'on leur avait dit que c'était leur devoir. Élie le premier, qui avait laissé une main dans les combats terribles des Ardennes. J'ai failli les inviter chez moi, pour effacer tout ça, pour faire en sorte que ça n'ait jamais existé. Mais j'ai revu Élie criant sa douleur et je me suis contentée de sourire en poursuivant ma route. Il ne faut jamais croire que la vérité d'un jour, pour ceux qui nous gouvernent, sera celle des années qui suivront. Beaucoup sont morts sans se douter que des hommes, des femmes, des enfants allemands viendraient bientôt passer l'été dans nos campagnes et y seraient heureux. Est-ce que ça valait vraiment la peine de s'entre-tuer si longtemps ?

Voilà, j'ai presque fini. Bientôt, je vais partir. J'ai un peu peur, certes, car je n'ai jamais beaucoup aimé les voyages et je fais partie de ce monde par tous les pores de ma peau et je l'aime. Où vais-je aller ? Dans un pré aussi parfumé que celui qui nous a recueillis, Élie et moi, le soir de nos noces ? Dans une forêt de châtaigniers éternellement parée des couleurs de l'automne, où je pourrais m'allonger sur la mousse pour y dormir en paix ? Dans un pays inconnu où Élie peut travailler désormais de ses deux mains, je le sais, j'en suis sûre. Où que ce soit, en tout cas, il me guide et me parle. Sur cette route où je marche en tendant les mains vers lui, je sens le poids des châtaignes blanchies dans mes poches de petite fille, et j'entends sa voix qui répète contre mon oreille : Adeline, Adeline, dépêche-toi !

La fin d'une vie

Adeline est morte le 4 décembre 1975, après plusieurs années d'une vieillesse heureuse au cours de laquelle son insuffisance cardiaque et circulatoire la faisait de plus en plus souvent « s'absenter ». Elle n'en souffrait pas, du moins je ne le pense pas. En 1971, son fils aîné ayant loué la maison de Sarlat, elle est remontée à la Brande et a passé ses derniers jours dans sa propre maison, sur la terre qu'elle avait si difficilement achetée et qu'elle aimait plus que tout. Je l'ai vue décliner comme une lampe qui baisse et ne donne plus qu'un mince filet de lumière avant de s'éteindre.

Vers la fin, un dimanche, je ne sais plus à quelle occasion, je suis resté seul quelques minutes avec elle, tandis qu'elle me regardait sans me voir, perdue dans ses songes, cet état de sommeil éveillé dans lequel elle sombrait de plus en plus souvent. Je lui ai demandé doucement :

— Tu m'entends, dis, tu m'entends ?

Elle m'a souri mais ne m'a pas répondu. Qu'aurais-je donné, pourtant, pour la ramener vers moi ou pénétrer le monde au fond duquel elle se perdait ! Je n'ai pas voulu l'abandonner si loin de nous, et j'ai continué à lui parler :

— Dis ! Tu te rappelles la carriole, le marché, les pièces dans la poche de ton tablier ?

Elle a eu de nouveau ce sourire si doux que j'espérais et un éclair est passé dans ses yeux gris. Je lui ai pris la main. Je l'ai serrée, mais ses doigts sont demeurés inertes dans les miens. J'ai compris à ce moment qu'elle ne me parlerait plus jamais. Comment dire alors la violence de l'étau qui s'est refermé sur mon cœur ?

Elle reste pour moi celle qui s'essuyait toujours le visage avec son mouchoir qui sentait si bon l'eau de Cologne avant de nous embrasser, en disant :

— Approchez, mes petits !...

Celle qui était toujours vêtue de gris ou de noir mais qui aimait s'habiller dans les grandes occasions après avoir pris conseil ; celle qui coupait toujours assez de fleurs pour pouvoir en distribuer sur les tombes voisines des siennes ; celle qui tricotait des chaussettes avec quatre aiguilles, assise sur sa chaise de paille, en nous demandant de lui lire l'histoire sainte ; celle qui déjeunait d'un mélange de café, d'orge et de chicorée en tenant d'une main son pain et de l'autre un morceau de beurre rance, le plus souvent, car elle ne jetait rien et surtout pas la nourriture ; celle qui ne portait jamais de chapeau sur la tête, à part les jours de pluie où elle se déguisait avec de vieilles frusques ; celle qui nous achetait des choux à la crème au retour du marché et se plaisait à nous voir les manger ; celle qui laissait à réchauffer sa soupe sous un édredon de plume pour qu'elle soit toujours prête ; celle enfin qui aurait été capable de parcourir cent kilomètres à pied pour aller à la rencontre de ses petits-enfants.

Où sont ces êtres qui nous manquent tant, dans le

monde où nous vivons aujourd'hui ? Est-ce donc si loin ? Que s'est-il passé depuis ces années où ils étaient encore près de nous ? Le monde a-t-il changé à ce point ? Leur tendresse et leur chaleur savaient nous préserver des pires maux. Aujourd'hui, les hommes parlent plus facilement à leur console d'ordinateur qu'à leurs enfants, ils créent des besoins artificiels dès que les véritables sont satisfaits, ils jettent les vieux dans des mouroirs, et ils ne payent « qu'après Noël », comme dit une publicité devenue très banale. Aujourd'hui, les hommes s'entassent dans les villes de béton et vivent sans espace, sans air et sans lumière. Aujourd'hui, pas un de nos enfants ne connaît la différence qui existe entre un chêne et un frêne, un orme et un charme. Tous en revanche connaissent les différentes marques de voiture ou les héros de science fiction « made in Japan ». Certes, on peut très bien vivre sans savoir que les ormes meurent, mais tout cela traduit une évolution qui nous éloigne de notre milieu naturel, sans que personne ne sache où elle nous mènera.

On me dit que raisonner ainsi, c'est se montrer passéiste. Pas du tout. Moi, je crois au progrès, mais il ne faut pas que le progrès soumette les hommes, il faut qu'il soit pensé et maîtrisé par ceux qui le mettent en œuvre. Malheureusement, il y a déjà longtemps que ce ne sont plus les idées ou la morale qui gouvernent le monde, mais les lois économiques d'une société mercantile dont le moteur est le profit permanent.

Dans le temps, dans nos campagnes, quand quelqu'un frappait à votre porte, on lui répondait : « Finissez d'entrer », et on partageait avec lui le verre de l'amitié. Aujourd'hui, dans les banlieues des grandes cités, on peut très bien passer à côté d'un vieillard malade sans se pencher sur lui. Et c'est là le plus grave danger qui nous guette : n'être plus humains, en somme, retrouver des réflexes animaux de survie. Tout cela, parce que, comme l'écrivait Konrad Lorenz, l'humanité a rompu ses liens avec la nature. Et que nous n'aurons plus que trois cent mille agriculteurs en l'an 2000. « Rentabilité », disent les hautes sphères. C'est aussi au nom de cette même rentabilité qu'on subventionne des paysans pour qu'ils ne produisent pas, alors que des millions d'hommes meurent de faim dans le monde. Et nos campagnes achèvent d'agoniser avant de devenir un désert plein de ronces.

Où nous entraîne cette course, dis, Adeline ? C'est parce que ta voix me manque que j'ai écrit ce livre qui, je l'espère, un jour, sera lu par quelques enfants. Laisse-moi t'avouer au moins une fois que tout ce que je sais de plus précieux, c'est toi qui me l'as appris. Sans jamais me le dire, tu m'as enseigné que toute chose appartient à qui la rend meilleure, et que le seul trésor qui compte, en définitive, c'est celui que l'on peut emporter avec soi quand l'heure est venue. Je sais désormais pourquoi elles te rendaient si heureuse, ces quelques piécettes dans ton tablier ! Et je n'ai jamais senti autant qu'aujourd'hui, grand-mère, en achevant d'écrire ces lignes, combien, grâce à toi, j'étais devenu riche. A tout jamais.

Christian SIGNOL,
8 novembre 1991.

Aubin Imprimeur
LIGUGÉ, POITIERS

COMPOSITION – IMPRESSION

Achevé d'imprimer en mai 1992
N° d'édition 34161 / N° d'impression L 40429
Dépôt légal mai 1992
Imprimé en France